L'avant-scène théâtre

numéro 1350 - 1er octobre 2013

Divina

Jean Robert-Charrier

Quand Claire Bartoli, grande animatrice de talk-shows surnommée « Divina », est renvoyée de sa chaîne de télévision, elle n'a qu'une idée en tête : retrouver à tout prix un emploi pour ne pas quitter le petit écran. Aidée de son assistant souffre-douleur et de son excentrique styliste italien, elle s'incruste dans l'émission culinaire de son ancien petit ami dont elle compte bien faire exploser l'audience.

L'avant-scène théâtre

75, rue des Saints-Pères - 75006 Paris
Tél. : 01 53 63 80 60 / Fax : 01 53 63 88 75
contact@avant-scene-theatre.com

* Les Éditions L'avant-scène théâtre
Président-directeur général : Philippe Tesson
Directeurs délégués :
Anne-Claire Boumendil, Olivier Celik

* Rédaction
Directeurs, rédacteurs en chef :
Anne-Claire Boumendil, Olivier Celik
Secrétariat de rédaction :
Violaine Bouchard, Amandine Sroussi
Comité de rédaction : Armelle Héliot,
Gilles Costaz, Jacques Nerson,
Stéphanie Tesson

* Services commerciaux
Diffusion, abonnements : Émilie Delaporte
Tél. : 01 53 63 88 73
commercial@avant-scene-theatre.com
Comptabilité : Nathalie Boyer
Tél. : 01 53 63 80 64 / Fax : 01 53 63 88 75
comptabilité@avant-scene-theatre.com
Distribution :
Les Belles Lettres Diffusion-Distribution
(BLDD)

* Les publications de L'avant-scène théâtre
L'avant-scène théâtre, revue bimensuelle
L'avant-scène théâtre Poche
La Collection des quatre-vents
L'Anthologie de L'avant-scène théâtre
Les programmes de L'avant-scène théâtre
Les Nouveaux Cahiers de la Comédie-Française
Les Petites Formes de la Comédie-Française

Photographie de couverture : © Pascal Victor
Impression : Imprimerie Néotypo
ISSN 0045 1169 - ISBN 978-2-7498-1261-8
Commission paritaire 0314K86211
Dépôt légal : septembre 2013 / Imprimé en France

Dans le cadre de son Action Culturelle Théâtre,
la SACD soutient l'édition de cet ouvrage.

SACD

la culture avec la copie privée

Les dessous du petit écran

par Olivier Celik

TOUS LES DIRECTEURS, les metteurs en scène, les auteurs et les acteurs le savent : la télévision joue aujourd'hui un rôle considérable dans l'économie du théâtre comme dans l'écriture même des pièces. La promotion cathodique est, de très loin, le meilleur vecteur de communication, et une bonne couverture médiatique est un gage de remplissage des salles, sans parler des retransmissions en direct qui attirent un public que le théâtre seul ne toucherait pas. De même, on ne compte plus les acteurs issus de la télévision qui passent sur les planches, car ils bénéficient parfois d'une notoriété considérable susceptible d'attirer les foules. Enfin, il est notable que les auteurs eux-mêmes, souvent scénaristes pour le petit écran, ont peu à peu adapté la dramaturgie théâtrale aux codes narratifs des séries et des téléfilms…

Et pourtant, la télévision n'est pas souvent le sujet de pièces, sans commune mesure en tout cas avec son influence réelle. Depuis la célèbre *Émission de télévision* de Michel Vinaver (1988), les textes consacrés à cet univers familier et omniprésent ne sont finalement pas légion. *Divina,* la première pièce de Jean Robert-Charrier, qui raconte la trajectoire en dents de scie d'une vedette de la télévision, a le mérite de s'intéresser de près à ce qui nous concerne tous au quotidien. Écrite dans un grand éclat de rire, *Divina* est une comédie de Boulevard au sens noble, qui entend montrer l'envers du décor et les ridicules des comportements humains : les trahisons, le règne de l'argent, les faux semblants…

La pièce suit les mésaventures d'une star qui se voit destituée de son socle et qui, à force d'énergie et de cran, reconquiert une position enviable. Le personnage de Divina a été dessiné sur mesure pour Amanda Lear, qui est aussi dans la vie une vedette du petit écran. Le rôle n'est pas autobiographique pour autant, mais il offre à une femme de fort caractère une partition où elle peut donner la mesure de son talent, de son humour, de son sens de l'autodérision et de son instinct des planches.

Guidée par d'excellents partenaires, Amanda Lear est ici dirigée par Nicolas Briançon, metteur en scène inventif, exigeant et culotté. Comme Divina, en somme !

Amanda Lear. © Pascal Victor

Le Théâtre des Variétés (direction : Jean-Manuel Bajen)
et Le Théâtre de la Porte Saint-Martin (direction Jean-Claude Camus)
présentent

Divina

Jean Robert-Charrier

Mise en scène de Nicolas Briançon

avec

Amanda Lear : *Divina*
Marie-Julie Baup : *Émilie*
Mathieu Delarive : *Baptiste*
Thierry Lopez : *Eros*
Guillaume Marquet : *Jean-Louis*

Créateurs costumes : Jean Paul Gaultier et Michel Dussarat
Créateur décors : Bernard Fau assisté d'Emmanuel Charles
Créatrice lumières : Gaëlle de Malglaive
Musique : Guillaume et Renaud Stirn
Assistant à la mise en scène : Pierre-Alain Leleu

Spectacle créé le vendredi 13 septembre 2013
au Théâtre des Variétés

Photographies de répétition : Pascal Victor

Jean Robert-Charrier est représenté pour la France par Jean-Claude Camus Conseil, 34 bd Maillot à Neuilly et pour l'international par Suzanne Sarquier – Agence Drama www.dramaparis.com, 24 rue Feydeau 75002 Paris, tél. : 01 40 26 70 07

L'affiche

Jean Robert-Charrier, l'auteur

© Ludo Martin

S'IL FRÉQUENTAIT souvent les salles parisiennes dès son plus jeune âge lorsqu'il accompagnait sa mère, c'est pourtant à des études de droit que Jean Robert-Charrier se destine alors, à la faculté de Tours où il réside. Mais, un soir, au Théâtre Rive-Gauche, Laurent Terzieff joue dans *Le Regard* de Murray Schisgal. C'est une révélation. Sur le chemin du retour, il annonce à sa mère son désir de faire du théâtre. Elle encourage son projet.

Délaissant son droit, Jean Robert-Charrier passe des auditions et suit dans un premier temps un enseignement d'art dramatique dans un conservatoire de la banlieue parisienne. Puis il suit un stage d'été au cours Florent à l'issue duquel il poursuit brièvement son apprentissage du métier de comédien dans la fameuse institution. Mais très vite, il a le sentiment d'y perdre son temps. Il s'inscrit alors à un cours donné à la Comédie des Champs-Élysées. Pour financer ses études, il devient postier au Théâtre de la Porte Saint-Martin en 2004.

Depuis, il y a gravi tous les échelons. Il occupe successivement tous les postes. En cinq ans, il passe du contrôle à la caisse puis à la commercialisation et à l'administration.

Renonçant à son envie de jouer, Jean Robert-Charrier se sent l'âme d'un directeur, et apprend vite. Jean-Claude Camus, propriétaire des lieux, le nomme à ce poste en 2008, à 25 ans à peine. Formé de manière intensive à tout ce qu'implique une direction – responsabilité artistique, finances, ressources humaines, etc. –, Jean Robert-Charrier sait rapidement trouver comment faire vivre un grand lieu théâtral. Les succès s'enchaînent, permettant à Jean-Claude Camus de racheter le Théâtre de la Madeleine il y a deux ans et d'ouvrir le Petit Saint-Martin. Trois salles que dirige aujourd'hui Jean Robert-Charrier, et qui lui permettent, par leurs tailles très différentes, de proposer une grande variété de spectacles.

Lui qui avait débuté sa direction avec *Panique au ministère* où jouait déjà Amanda Lear ouvre aujourd'hui, à 30 ans, un nouveau chapitre de sa jeune carrière dans le théâtre en endossant un nouveau rôle d'auteur dramatique aux côtés de celle qu'il accueillit à ses débuts.

Nicolas Briançon, le metteur en scène

Formé au cours Jean Darnel, à l'Atelier, Nicolas Briançon voue une admiration sans bornes à Deborah Warner, Giorgio Strehler et Peter Brook. Il a connu l'aventure de la vie de troupe avec les Baladins en Agenais, puis l'expérience ahurissante du spectacle musical *Les Années Twist* mis en scène par Roger Louret, un succès énorme qui a tourné quatre ans dans la France entière, au Palais des Sports, aux Folies-Bergère et à la télévision. Acteur, il a joué au théâtre dans *Les Directeurs* de Daniel Besse, mis en scène par Étienne Bierry, et tourné dans de nombreux films : *Embrassez qui vous voudrez* de Michel Blanc (2001), *Il est plus facile pour un chameau* de Valeria Bruni Tedeschi (2002), *L'Avion* de Cédric Kahn (2004), *Les Poupées russes* de Cédric Klapisch (2005), *La Disparue de Deauville* de Sophie Marceau (2007), *Le Bal des actrices* de Maïwenn Le Besco (2009), *Carlos* d'Olivier Assayas (2010), *Toi, moi, les autres* d'Audrey Estrougo (2011), *Des vents contraires* de Jalil Lespert (2011), *Le Guetteur* de Michele Placido (2012) et *Les Gamins* d'Anthony Marciano (2013).

Mais c'est en tant que metteur en scène que sa renommée s'étend le plus vite. Cet esprit volontiers irrévérencieux, qui se plaît au mélange des genres et des styles, n'a cessé d'être remarqué depuis sa nomination pour le molière du metteur en scène pour *Jacques et son maître* de Milan Kundera, d'après Diderot, en 1999 au festival d'Anjou, celles du metteur en scène et du spectacle privé pour *Pygmalion* de George Bernard Shaw en 2006 et les sept nominations pour *La Nuit des rois* de Shakespeare en 2010. Il a également été le directeur artistique du festival de Bonaguil et du festival d'Anjou, où il a succédé à Francis Perrin et Jean-Claude Brialy. C'est là qu'il a créé *Le Songe d'une nuit d'été,* présenté en juin 2011 en avant-première du festival, avant le Théâtre de la Porte Saint-Martin (*L'avant-scène théâtre* n° 1309).

© Laura Cortès

Depuis, il a notamment créé *Volpone* de Ben Jonson, *Cabaret canaille* d'après les textes de Hugo, Maupassant et Gautier, *DAF Marquis de Sade* de Pierre-Alain Leleu et son spectacle *Y'a d'la joie quand même.* Parallèlement à *Divina,* il présente *Mensonges d'États* de Xavier Daugreilh au Théâtre de la Madeleine.

En haut : Mathieu Delarive, Amanda Lear, Marie-Julie Baup et Thierry Lopez. En bas à gauche : Guillaume Marquet et Amanda Lear. En bas à droite : Mathieu Delarive et Amanda Lear. © Pascal Victor

Les comédiens

AMANDA LEAR

(*Divina*)

Inclassable, inégalable, son originalité séduit le public. Elle a traversé plusieurs mondes, les arts, le rock, la mode, la chanson, la télévision, pour devenir comédienne, reine du théâtre populaire.

Parfois, lorsque l'on demande à Amanda Lear quelle est sa profession, elle répond en riant : « Star ! » Elle a de l'esprit. Et elle n'a pas tort : sa destinée, c'est de briller, de plaire et de prendre avec humour et reconnaissance tout l'amour que lui renvoie le public.

Elle a de l'abattage, du toupet, un goût communicatif pour le rire. Elle a eu plusieurs vies et n'a jamais été avare de confidences. Cette femme de tête sait qu'il n'y a pas meilleur moyen de brouiller les pistes quand on aime jouer sur un mystère certain.

Sa biographie idéale la fait naître à Saïgon dans les années 1940 et dit que son père était un officier français d'origine britannique et sa mère une métisse, mi-slave, mi-asiatique. Amanda Lear aurait grandi dans le sud de la France et fait des études en Angleterre.

Qu'elle soit polyglotte ne fait pas de doute et ses prestations dans plusieurs pays le montrent : français, anglais, italien, allemand, espagnol, Amanda a la langue bien pendue dans plusieurs registres !

Elle dessine et elle peint. Jeune, elle croquait le monde, plus tard, c'est par la peinture qu'elle se reprenait, lorsqu'elle se retrouvait dans des moments sombres ou franchement douloureux. Sa vie est peut-être un conte de fées brillant, mais il a sa part de malheur. Parmi ces trous noirs, l'incendie au cours duquel un homme qu'elle avait épousé meurt tandis que partent en fumée tableaux et souvenirs.

Très tôt, cette fan des sixties enlumine sa jeune gloire en devenant la muse de Salvador Dalí. Il est aussi fou d'elle que du chocolat Lanvin. À Cadaquès, Amanda devient une étoile de la jet-set. Elle est lancée. De ces années étonnantes, elle a tiré plusieurs livres de souvenirs traduits dans toutes les langues.

Groupie des rockers les plus séduisants de la planète, elle est comme la jumelle de David Bowie. C'est lui qui lui conseille de se lancer dans la chanson. Amanda a été aussi un mannequin très en vue et l'animatrice d'émissions télévisuelles à succès. C'est son parcours de chanteuse disco qui élargit son cercle et fait d'elle le chouchou d'un vaste public : qu'elle paraisse du côté du petit écran ou de la radio, elle fait rire. C'est que la belle est bien armée : un sens de la répartie qui s'appuie sur des connaissances larges, une culture. Pas bête, Amanda !

Amanda Lear est une Européenne accomplie : on la connaît en France, mais elle a fait également carrière en Italie et en Allemagne, par le disque et

À gauche : Amanda Lear. En haut à droite : Amanda Lear, Guillaume Marquet et Thierry Lopez. En bas à droite : Mathieu Delarive, Amanda Lear et Marie-Julie Baup. © Pascal Victor

la télévision, les deux media qui l'ont propulsée en haut des hits-parades et au sommet de l'Audimat.

Elle s'est composée un personnage qui mêle la pin-up sexy et la grande sœur rigolote, notamment aux *Grosses Têtes*, auprès de Philippe Bouvard. Elle a remplacé dans le cœur des Français une femme aussi brillante que la Sophie Desmarest des années 1970.

Elle a tourné dans quelques films, mais c'est au théâtre que, depuis quelques années, elle a trouvé son accomplissement. Cette fille qui possède un physique de meneuse de revue de music-hall se sent bien sur les planches. Sa carrière tient en trois titres : *Panique au ministère* de Jean Franco et Guillaume Mélanie, mise en scène de Raymond Acquaviva au Théâtre de la Porte Saint-Martin en 2009 et 2010. Elle fait un tel tabac que des producteurs ont l'idée d'écrire pour elle une version féminine d'*Oscar* (que Bernard Tapie a repris de son côté !). C'est au Théâtre de la Renaissance en 2011 et 2012. C'est Guillaume Mélanie qui adapte la comédie de Claude Magnier, immortalisée par Louis de Funès. Le succès est à nouveau au rendez-vous avec une pièce retaillée sur mesure pour Amanda Lear.

Avec *Divina*, on va plus loin encore, puisque c'est pour elle que Jean Robert-Charrier a composé cette pièce enlevée et cocasse qui se moque des mœurs de la télévision avec allégresse. Une mise en scène de Nicolas Briançon au Théâtre des Variétés et des cascades de rire en perspective ! **Armelle Héliot**

MARIE-JULIE BAUP
(*Émilie*)

Formée au cours Eva Saint-Paul, elle débute au théâtre avec Jean-Claude Penchenat. Son rôle dans *Amadeus* aux côtés de Jean Piat, mis en scène par Stéphane Hillel, lui vaut une nomination aux Molières 2005. On la voit ensuite dans *L'Importance d'être Constant*, mise en scène par Pierre Laville, puis elle coécrit la pièce *Question d'envie* avec Didier Tournan et la joue au Théâtre de Paris sous la direction d'Agnès Boury, avant *Les Femmes savantes* de Molière, mises en scène par Arnaud Denis et Feydeau sous la direction de Gildas Bourdet. Elle reçoit le molière du meilleur second rôle féminin pour *Le Songe d'une nuit d'été* de Shakespeare, mis en scène par Nicolas Briançon. Puis elle joue dans *La Station Champbaudet* de Labiche, mise en scène par Ladislas Chollat. Au cinéma, elle tourne entre autres *Micmacs à tire-larigot* de Jean-Pierre Jeunet, *Amour sur place ou à emporter* d'Amelle Chahbi, et à la télévision *Fouquet, Colbert, l'Écureuil et la Couleuvre* de Laurent Heynemann, *Les Pieds dans le plat* de Simon Astier et *Chroniques humoristiques* sur France 2. Sous ses apparences de clown, elle voit en Émilie un personnage ***« sincère et touchant »***. Tout comme l'Helena du *Songe d'une nuit d'été*, entichée de son Démétrius, la jeune présentatrice est une amoureuse désespérée. ***« Toutes deux font partie de ces personnes qui décident, dès le départ, que rien ne va, et qui s'enferment dans des voies sans issue sans voir que le bonheur est peut-être juste à côté... »***

MATHIEU DELARIVE
(*Baptiste*)

Après avoir étudié au cours Florent et aux Ateliers de Chaillot, il apparaît sur scène dans *Le Faiseur* de Balzac, mis en scène par Michel Galabru, *Le Malade imaginaire* de Molière, mis en scène par François Bourcier et *Le Talentueux Mr Ripley* de Patricia Highsmith, mis en scène par Thierry Harcourt ; et sur grand écran dans *Le Pharmacien de garde* de Jean Veber, *Double zéro* et *Les Chevaliers du ciel* de Gérard Pirès, *Comme les cinq doigts de la main* d'Alexandre Arcady, *Picnic in Gaza* de Philippe Vartan Khazarian ou encore *Starsky* d'Isabelle Doval. Il a également tourné dans de nombreux téléfilms et séries telles que *Terre Indigo, Les Bleus, Cellule identité, H* ou *Caméra café*. Depuis un an, il fait partie de l'équipe de scénaristes de *Nos chers voisins* sur TF1. De lui, Vincent Elbaz dit que c'est « l'acteur sans filtre. Quand il monte sur un plateau, il oublie les convenances, la politesse et les rapports sociaux préétablis. Dans un cadre limité, il ne se fixe aucune limite aux réponses qu'il apporte à ses partenaires de jeu ». Dans le rôle de Baptiste, il incarne « ***un présentateur télé qui se rêve en Arthur*** », mais dont l'émission de seconde zone périclite. Il voit dans une collaboration avec son ancienne petite amie Claire Bartoli le moyen de satisfaire enfin ses ambitions… et peut-être ses amours.

THIERRY LOPEZ
(*Eros*)

Il affectionne particulièrement les personnages excentriques. Déjà, dans *Le Songe d'une nuit d'été* mis en scène par Nicolas Briançon, son Philostrate à rouflaquettes et talonnettes arpentait la scène entre regards hautains et danses endiablées. Chez Marianne Groves, dans *Doris Darling*, il incarnait, en slip rouge et collier de chien, un gigolo espagnol offensé. Et ici, c'est avec bonheur qu'il endosse les costumes fantasques d'Eros Giovannetti, le styliste italien de Divina. Il aime « ***sa folie, sa sincérité, sa candeur, son reste d'enfance*** », et son sens du ridicule, assurément ! « ***Il offre une liberté de jeu incroyable, une possibilité de créer dans le corps et dans la voix.*** » Du pain béni pour cet acteur au timbre grave et vibrant et à la gestuelle précise, héritée de ses nombreuses années de danse. Cependant le théâtre le rattrape très tôt ; il part se former en Australie, au National Institute of Dramatic Art, puis en Angleterre, à la Birmingham Theatre School. De retour en France, il passe par le cours Florent, avant de poursuivre sa formation auprès de différents metteurs en scène tels que Jean-Louis Hourdin, Laurent Gutmann, Marc Paquien, Paul Desveaux et Laurent Fréchuret. Un parcours éclectique, dont les maîtres mots sont la curiosité, l'exigence et le plaisir.

GUILLAUME MARQUET
(*Jean-Louis*)

Issu du Conservatoire national supérieur d'art dramatique, il a notamment travaillé avec Philippe Minyana (*Suite 2*), Robert Cantarella (*Une belle journée* et *La Jalousie du barbouillé*), Hélène Vincent (*Van Gogh à Londres*), Agathe Alexis (*L'Épreuve*) et Philippe Adrien (*Ivanov*, *Le Dindon* et *Yvonne princesse de Bourgogne*). C'est pour sa prestation dans *Le Dindon* qu'il emporte en 2011 le molière du meilleur jeune talent masculin. Au cinéma, il a joué dans *Le Dernier Vol* de Karim Dridi avec Marion Cotillard et Guillaume Canet, *Crime d'amour* d'Alain Corneau (prénomination pour le meilleur espoir aux Césars 2011) et *La Mer à boire* de Jacques Maillot ; et à la télévision, il a été dirigé par Alain Tasma, Jean-Xavier de Lestrade, Olivier Schatzky, Pierre Aknine et Fabrice Gobert dans la série *Les Revenants*. Il a aussi mis en scène *Meurtre de la princesse juive* d'Armando Llamas avec Philippe Adrien et Alix Poisson. Sous sa blondeur enfantine, le comédien n'est pas accoutumé aux rôles de « ***personnages repoussoirs*** », comme il qualifie lui-même celui de Jean-Louis. « ***Il est l'assistant et le souffre-douleur au dernier degré de Divina, qui passe son temps à le critiquer et à l'injurier.*** » Un rôle de « ***paillasson*** » qu'il endosse avec une bonne humeur communicative.

L'équipe artistique

© J. Weber/ParisMatch/Scoop

JEAN PAUL GAULTIER

(*créateur costumes*)

Il est né en 1952 en banlieue parisienne et commence sa carrière en 1970, le jour de ses 18 ans, chez Pierre Cardin. Après avoir travaillé chez Esterelle, Patou puis Cardin de nouveau, il décide de créer sa propre maison et défile pour la première fois en 1976. Adoubé très rapidement par la presse et les acheteurs, il est dans les années 1980 l'un des créateurs dont on parle le plus. Depuis le début, Jean Paul Gaultier a toujours voulu montrer que la beauté pouvait avoir de multiples formes, et que même la chose la plus banale, comme une boîte de conserve, pouvait devenir belle et fonctionnelle, se transformer en bracelet ou même plus tard en boîte pour son parfum, mondialement connu. Sa première collection Homme remonte à 1984 avec *L'Homme objet* et en 1997, il réalise son rêve avec sa première collection haute couture *Gaultier Paris*. Il a également dessiné le prêt-à-porter d'Hermès de 2004 à 2011. Tout au long de sa carrière, il a travaillé également pour la danse, la musique ou le cinéma. Le monde entier se souvient de ses costumes pour Madonna et le Blond Ambition Tour. Son premier projet de film fut *Le Cuisinier, le voleur, sa femme et son amant* de Peter Greenaway en 1989. Il a également dessiné les costumes de *La Cité des enfants perdus* de Jean-Pierre Jeunet et Marc Caro (1995), du *Cinquième Élément* de Luc Besson (1997) et de trois films de Pedro Almodóvar : *Kika* (1993), *La Mauvaise Éducation* (2003) et *La Peau que j'habite* (2011).

Croquis pour les costumes de Jean-Louis, Eros, Émilie et Baptiste. © Michel Dussarat

MICHEL DUSSARAT

(*créateur costumes*)

Tout petit, le jeudi, sa sœur le garde à l'atelier de couture au milieu des robes façon Dior années 1950 et des chapeaux hirondelles qu'il jette par la fenêtre du quatrième étage, persuadé qu'ils vont s'envoler… Plus tard, à la recherche de Van Gogh, il rencontre Jérôme Savary, son Grand Magic Circus, ses *Grands Sentiments* et son *Cabaret*, Alain Marcel et ses *Pédalos*, Christiane Legrand et sa voix en clé de sol et, surprise en chemin, Maurice Béjart qui le cloue sur son tapis de danse, puis Régine et son boa, Katharina Thalbach et son *Macbeth* haute définition, Nicolas Briançon, son *Songe* et son *Cabaret canaille*…

BERNARD FAU

(*créateur décors*)

Il suit des études d'arts décoratifs et de paysagisme. En 1980, il intègre la compagnie Roger-Louret, réalise leurs décors et affiches puis collabore avec Muriel Robin, Annie Grégorio, Nicolas Briançon… Il réalise la trilogie *Ils s'aiment*, *Ils se sont aimés* et *Ils se re-aiment* avec Pierre Palmade et Michèle Laroque, puis amène le cinéma au théâtre avec *Pierre et Fils* pour Pierre Richard et Pierre Palmade et *Fugueuses* pour Line Renaud et Muriel Robin. Créateur hétéroclite, il retrouve Michel Fau pour *Tosca* de Puccini à l'Opéra de Dijon puis *Une maison de poupée* d'Ibsen et *Nono* de Guitry au Théâtre de la Madeleine. En 2011, il réalise les décors du *Songe d'une nuit d'été* de Shakespeare, mis en scène par Nicolas Briançon au Théâtre de la Porte Saint-Martin. Il travaille encore avec Michel Fau sur *Que faire de Mister Sloane ?* de Joe Orton à la Comédie des Champs-Élysées, puis sur *Ciboulette* de Reynaldo Hahn à l'Opéra-Comique, *Demain il fera jour* d'Henri de Montherlant au Théâtre de l'Œuvre et *La Folle de Chaillot* de Jean Giraudoux, mise en scène par Didier Long à la Comédie des Champs-Élysées.

GAËLLE DE MALGLAIVE

(*créatrice lumières*)

« Je voulais jouer du Claudel ou rien. Ce fut rien… La vie est bien faite puisque cela me permit de découvrir le monde des lumières. » Elle se choisit un maître, Jacques Rouveyrollis, et fait à ses côtés plus de trois cents spectacles, de Barbara à Gainsbourg, de Johnny Hallyday à Marguerite Duras, en passant par Juliette Gréco, Renaud, Michel Berger, Charles Aznavour, Maurice Béjart, le centenaire de la tour Eiffel, le sommet des chefs d'États à Dakar… Plus tard, elle a ses propres fidèles, dont Nicolas Briançon, à qui elle doit son molière 2010, Muriel Robin, Guy Bedos, Gad Elmaleh, Didier Long, Yasmina Reza, Josiane Balasko, Denise Chalem, Hélène Vincent, Pierre Mondy, Éric Métayer… Il y a aussi *Phèdre* et *La Nuit des rois* à la Comédie-Française, *Suréna* et *Le mal court* au Vieux-Colombier, des opéras de Shanghai au Palais des Congrès, *Pierre Henry* à la Cité de la musique, François Morel dans son *Soir des lions*, *Scooby-Doo* à l'Olympia, Calogero, Adamo…

GUILLAUME ET RENAUD STIRN

(*musique*)

Ils débutent leur parcours musical en formant différents groupes pop, et en sortant plusieurs *singles* en anglais ou en français. À partir des années 2000, ils travaillent pour le théâtre en composant les musiques de spectacles pour des metteurs en scènes et des artistes tels que Francis Perrin, Chevallier et Laspalès, Jean-Luc Moreau… Ils composent par ailleurs des musiques pour des publicités et des courts métrages. En 2010, ils reprennent leurs parcours d'interprètes, auteurs et compositeurs sous le nom de Marsavril. La même année, le groupe NRJ (avec Chérie FM) publie chez EMI Music leur chanson *Où que tu ailles* sur l'album *Chérie Love Songs*. En 2011 et 2012, ils coréalisent deux albums avec Jannick Top pour RTL2. Ils travaillent actuellement sur deux projets de spectacles musicaux et terminent l'enregistrement de leur propre album.

PIERRE-ALAIN LELEU

(*assistant à la mise en scène*)

Après des études d'ingénieur, il enseigne les mathématiques puis suit des cours d'art dramatique avec Niels Arestrup. Il arrive chez les Baladins en Agenais en 1995 (compagnie Roger-Louret). Il écrit *Le Conte des contes*, qu'il met en scène et interprète, des sketches pour Michel Muller dans *Fallait pas l'inviter* et pour *Un gars, une fille*. Il travaille sous la direction de Nicolas Briançon dans de nombreux spectacles. Leur collaboration l'amène régulièrement à être son assistant, directeur de production du festival de Bonaguil et administrateur de la création du festival d'Anjou. Ensemble, ils créent la compagnie Nicolas-Briançon, que Pierre-Alain dirige depuis cinq ans. Ils coadaptent *Le Songe d'une nuit d'été* de Shakespeare, *Volpone* de Ben Jonson et travaillent actuellement à une adaptation de *Roméo et Juliette*.

Marie-Julie Baup, Amanda Lear, Thierry Lopez et Mathieu Delarive. © Pascal Victor

Personnages

JEAN-LOUIS, *35 ans, homme à tout faire, souffre-douleur de Divina*

EROS GIOVANNETTI, *30 ans, styliste italien. Toujours habillé avec des couleurs qui ne vont pas ensemble, mais tellement assumé qu'on lui pardonne. Des cheveux toujours impeccablement coiffés, rasé de près, très près, et le verbe haut, trop haut*

DIVINA, *Claire Bartoli, grande animatrice de talk-shows. Femme charismatique, la soixantaine*

ÉMILIE, *35 ans, coanimatrice du programme de cuisine avec Baptiste*

BAPTISTE TALLIEUX, *35 ans, ancien petit ami de Claire, beau garçon, présentateur d'une émission culinaire de seconde zone*

Le premier décor représente le bureau de Divina. La décoration est soignée. Un sofa, des fauteuils de créateurs, quelques étagères avec des photos encadrées, des « unes » de journaux à scandale au mur, un bureau très contemporain. L'ensemble inspire le confort et la puissance. Une porte d'entrée avec des vitres opaques, laissant deviner les ombres des personnes arrivant. Le second décor représente le plateau de télévision où se déroulent les émissions culinaires d'Émilie et Baptiste. Aucun luxe. On est dans un hangar de télé avec fond bleu et matériel de tournage en désordre. Ce décor doit trancher nettement avec le bureau précédent.

Divina

1

Dans le bureau de Divina. Petit matin. La scène est plongée dans l'obscurité. On voit Jean-Louis arriver au travers de la porte. Il entre. Il a l'air défait. Son petit attaché-case à la main ainsi que le journal qu'il était, visiblement, en train de lire. Il fait chaque geste de façon machinale. Il fait les mêmes gestes que tous les matins. Il a posé son attaché-case, il termine l'article qu'il a commencé, il est visiblement atteint par ce qu'il lit. Il dépose quelques dossiers sur le bureau, remet deux ou trois choses en ordre dans la pièce puis vient au centre, s'adressant au public, l'air hagard. Il subit chaque seconde.

Jean-Louis : Cette fois, c'est certain, c'est aujourd'hui. J'ai toujours su que je vivrais la pire journée de ma vie un jour de pluie… que rien n'irait, même pas le temps. Eh bien, c'est maintenant, et ça fait mal. C'est effrayant, c'est effroyable, c'est absolument et définitivement insoluble. C'est pire que le pire. C'est la fin. C'est le désert. C'est le néant absolu. Ce bureau se transforme en trou noir. Je ne me réveillerai jamais car cela n'a rien d'un cauchemar. C'est bel et bien la réalité, ma réalité, et je vais devoir l'affronter, ou bien sombrer. *(Profonde respiration.)* Ma patronne va connaître aujourd'hui la honte publique. Elle est renvoyée de sa chaîne de télévision, et c'est moi qui vais certainement, voire même très certainement, devoir le lui apprendre. À moins bien sûr que, comme des centaines de milliers d'individus, elle n'ait déjà eu ce journal entre les mains. Peu importe qui lui apprendra du reste, ma patronne ne le supportera jamais. Ma patronne ne supporte aucune contrariété. Elle déteste le conflit, sauf celui qu'elle crée elle-même. Elle déteste les insultes, sauf celles qu'elle prononce elle-même. Elle hait plus que tout au monde ne pas maîtriser chaque chose, chaque élément, chaque personne qui croise le chemin de ses talons aiguilles durant une journée. Ma patronne n'aime rien ni personne au-delà de quelques minutes, quelques heures, ou quelques jours pour les plus chanceux. Ma patronne n'a finalement pas la nécessité de détester qui que ce soit, elle exècre et anéantit immédiatement chaque embryon d'opposant qui pourrait pointer le bout d'un cheveu devant son merveilleux visage. Oui, ma patronne est, depuis vingt-cinq ans, celle qui compte. Non pas l'une de celles qui comptent, ou bien celle qui compte le plus, non. Elle est CELLE qui compte. Les autres n'existent pas. Elle est seule au monde, ou du moins, c'est ce dont elle est intimement persuadée. Elle est aussi absolument certaine d'être intouchable, vénérée par l'ensemble du comité directeur de sa chaîne… *(Il reprend le journal qu'il montre au public.)* Et visiblement, elle se trompe. Elle n'a jamais songé à une telle chute. Elle n'a jamais songé à aucune chute. Ça va faire mal. Ça va faire très mal.

Immédiatement entre Eros. Il a les bras chargés de paquets qu'il pose en vrac sur le bureau de Divina. Il parle vite.

EROS : Buongiorno ! Buongiorno bello ! Come vai ?? *(Un regard sur Jean-Louis qui reste le regard dans le vide, il ne l'entend pas.)* Dio mio tu as l'air encore heureux de me voir ça me fait très plaisir. Ah non vraiment jé mé sens accueilli, quand j'arrive ici, un vrai bonheur. Moi qui ai déjà passé la djournée à travailler per la Divina hier. J'ai couru depuis 7 heures du matin pour lui faire les dernières rétouches, jé suis déjà épuisé, je brille de partout tellement j'ai couru et il faut encore que je supporte la mauvaise humeur de monsieur ! C'est extraordinaire ! Enfin… Je vais prendre sur moi encore une fois. J'ai l'habitude. Régarde tout cé qué j'ai trouvé dans les boutiques per la Divina ! *(Il pose tous ses sacs au centre du bureau et commence à sortir chaque vêtement un par un.)* Si avec ça elle n'est pas contente ! Oun pétit top djaune, c'est la tendance dé l'été ! *(Jean-Louis arrête son regard quelques secondes sur le vêtement et garde un air catastrophé.)* Oui bon va bene va bene ! On est qu'au mois dé novembre, d'accordo, mais parfois tou sais l'été arrive plous vite qu'on né lé pense hé ! D'ailleurs je pense qu'il pourrait m'aller très bien à moi aussi cé pétit haut !… *(Jean-Louis soupire profondément, désespérément, et regarde du même acabit.)* Oh mais dje té trouve vraiment désagréable audjourd'hui ! Tou verras ça loui ira très bien ! Ah ! *(Il pousse un cri très fort et désagréable.)* Aaaahh ! dj'avais oublié lé migliore pour la fin ! Cé pétit pantaloné strech, imprimé dé panthère, qu'elle va être aux anges dé lé voir ! *(Soudain avec un air très inspiré.)* Si Michelangelo la voyait avec, il référait lé plafond della chapelle Sisstine, pour la mettre au centre, c'est certain !

JEAN-LOUIS : *(revenant très vite vers lui, il lui arrache son pantalon et lui prend les deux bras pour l'immobiliser)* Eros !

EROS : Oh oui ! Jean-Louis ! Ça y est, lé lion qui est en toi sort enfin ! Vai goditi ! Lasciati andare ! Dépouis lé temps qué jé disais à tutto il mondo qué tou aimais les hommes ! Mais piano piano mon chéri. Là vou ta tête tou risques d'imploser avant même d'avoir enlevé lé premier bouton dé ton horrible chemise ! Ma qu'est-ce que c'est qué cette chemise d'ailleurs ? Hé ?

JEAN-LOUIS : Eros ! Arrête ! Tais-toi ! Cesse de faire comme si tout allait bien ! Comme si tu n'étais pas au courant ! Comme si la vie avait encore un sens ! C'est affreux et tu le sais. On est fichus. Tout est fichu. J'ai lu le journal ce matin. Je sais que tu es toi aussi dévasté par cette nouvelle. J'ai réagi comme toi. Au début je n'ai pas compris, c'était tellement impensable. Au début je croyais que ce n'était pas vrai, que c'était une erreur, un canular, un attentat ! Mais non. *(Lui montrant le journal.)* C'est écrit dans le journal. Je comprends que tu sois inquiet. Je le comprends, Eros. Moi aussi, je le suis ! Mais tu sais, il y a des moments comme ça dans la vie où il nous arrive des catastrophes, mais on doit savoir réagir comme il faut et prendre ses responsabilités. Ne reste pas dans le déni, prends conscience des choses, accepte cette réalité, extériorise tes angoisses, ne t'enferme pas au fond du gouffre mais, au contraire, libère-toi. Libère-toi, Eros ! Ouvre-toi. Ouvre-toi vers l'avenir et laisse aller les choses car les choses savent où elles doivent aller et tu le sais. Tu le sais, Eros ! Quand tu l'annonceras à Divina, il faudra être fort, très fort, et tu seras fort, très fort.

EROS : Euh, Jean-Louis ! Tou té calmes là, maintenant ! Allez ! Inspire, esspire, inspire, esspire !

JEAN-LOUIS : Mais je n'ai pas le temps de respirer, bordel ! Je t'apprends une nouvelle pareille, je me trouve en plein cataclysme, et tu crois qu'on a encore le temps de respirer ?

EROS : Oui, enfin mon cher Jean-Louis, jé té signale qué tou né m'as rien dit ! Assolutamente niente ! À part gesticouler dans tous les sens, tou né m'as rien dit. Il est 10 heures du matin, j'arrive au bureau, tout fébrile à l'idée dé té montrer toutes ces merveilles, et tu mé sautes dessus en me parlant d'oune catastrophe qué jé né sais même pas cé qué c'est.

JEAN-LOUIS : Ah bon ? Mon Dieu mais c'est un enfer ! Je…

Profond soupir désespéré, il se prend la tête dans les mains.

EROS : Ah non ! Stop ! Ça va pas récommencer hé ! Calmé-toi, Jean-Louis ! *(Eros le prend dans ses bras, et lui chante une petite chanson enfantine italienne.) Al chiaro di luna, Il mio amico Pierrot, Prestami la penna, Per scrivere una parola, La mia candela è morta, Non ho più fuoco, Aprimi la porta, Per amor di Dioooo.* Allez maintenant, dis-moi cé qu'il sé passe mon pétit tésorino !

JEAN-LOUIS : *(avec un air complètement désespéré, prenant un long temps entre chaque mot)* Fauteuil… Journal… Article… Désastre.

EROS : C'est oun djeu ? Oune charade ? Y a quoi à gagner si jé trouve ?

JEAN-LOUIS : Regarde l'article dans le journal sur le fauteuil, c'est un désastre !

EROS : Ah ! *(Déçu.)* oui ! D'accord d'accord ! *(Il va au bureau et commence à lire le journal.)* La crise dé l'Europe ? *(Il regarde Jean-Louis qui ne réagit même plus,*

Eros (Thierry Lopez) et Jean-Louis (Guillaume Marquet)

il se sent alors obligé de se catastropher, surjoue.) Oh! mon Dieu, mais c'est affreux ! C'est horribilé, c'est oune véritable catastrophe ! Comment on va s'en sortir, jé jé jé souis perdu.

Jean-Louis : *(lui hurlant dessus)* Mais non pas ça imbécile !

Eros : Oh oh oh ! pianissimo bello ! Pianissimo ! Allora ! Moi tou mé dis dé lire lé journal et dé voir la catastrophe, alors jé fais cé qué tou mé dis. Bon. *(Il reprend la lecture des titres.)* PSG remporte contre l'OM ! *(Il regarde Jean-Louis, toujours pas de réaction, si ce n'est un abattement grandissant.)* Oh mon Dieu mais c'est affreux ! C'est ouné catastrophe, hé !

Jean-Louis : Tu le fais exprès ou quoi ? *(Il s'approche de lui, lui prend le journal des mains et lui montre l'article.)* Là ! Là ! C'est quoi ça ? Notre patronne est virée et nous aussi par la même occasion ! Mais ça on s'en moque d'être virés, je vais te dire! On s'en moque complètement, même ! Ce qui est grave, c'est qu'il est 10 heures du matin, comme tu l'as si bien dit, que Divina va débarquer et qu'on va se faire dépecer tout lentement ! Elle va nous tuer si elle apprend ça ici et maintenant. La pauvre ! Qu'est-ce qu'elle va devenir ? J'en suis malade.

Eros : *(hurlant à son tour et se reprenant très vite)* Oh oh ! dou calme mon petit ! D'abord nous, on n'est pas encore virés. Ensuite elle va sûrement trouver oune solution ! Et ensouite, jé souis certain qué si tou lui dis simplement et gentiment les choses comme tou sais faire, elle né va absolument pas s'énerver. Car, contrairement à cé qué tou disais tout à l'heure, il n'est pas question qué jé me charge dé lui annoncer. Tu as plus d'ancienneté qué moi ici, c'est à toi dé le faire.

Jean-Louis : Ah bon ? Bah si toi, tu en es si certain, qu'elle ne va pas s'énerver, vas-y mon grand, annonce-lui toi. Toi qui es si fort ! Toi qui parles si bien ! Toi qui n'as peur de rien ! Hein ? Aha ! il fera moins le malin quand il devra lui dire qu'elle s'est fait virer comme une malpropre de son émission de télé car ils préfèrent coller une autre animatrice, molle du genou, qui va davantage plaire aux vieux !

Eros : Ah non. *(L'air de s'en moquer, il regarde ses ongles.)* Non non.

Jean-Louis : Quoi ah non non non ?! Ah oui oui oui ! Je te le dis moi ! Ah oui oui oui !! Tu croyais que c'était simple et qu'elle ne dirait rien ?

Eros : Oui mais vou commé ça jé crois qué jé né vais pas pouvoir. Et puis d'ailleurs je dois y aller, j'ai un train à prendre.

Jean-Louis : Ah ! certainement pas, non ! Tu vas rester là bien sagement. Il n'est pas question que tu sortes d'ici tant qu'elle ne saura pas qu'elle est virée. Je ne vais certainement pas me retrouver encore seul avec elle ! Ah ça ! non non non ! Ah non ! Merci.

Eros : Mais puisque jé té dis qué j'ai un avion à prendre !

Jean-Louis : Y a deux secondes, c'était un train, faudrait savoir.

EROS : Oui bon, eh bien les trains et les avions, c'est un peu la même chose tu sais ! Ça sert à se déplacer et puis en Italie on fait plus trop la différence entre les deux, vu l'état des compagnies aériennes !

JEAN-LOUIS : Oui bah là, on est en France mon grand, alors tu restes assis et tu ne bouges pas. *(Menaçant.)* C'est clair ?!

EROS : D'accordo ! Huummm… jé crois que ça mé fait oun poco des frissons quand tu t'énerves commé ça, Jean-Louis… *(Il soupire et se reprend.)* Mais jé té préviens, à la seconde même où elle commence à gueuler, jé mé tire loin, très loin.

JEAN-LOUIS : Il y a de fortes chances pour que je sois déjà parti, moi aussi. Loin. Encore plus loin. On pourrait peut-être lui laisser un Post-it ?

EROS : Elle nous retrouverait et nous ferait la peau, c'est encore pire !

JEAN-LOUIS : Oui tu as raison. Là en affrontant le monstre on a plus de chances de l'adoucir un peu. Enfin moi, je peux te dire que si je le pouvais, je serais déjà parti très loin.

EROS : Ah oui ? Où donc ? Lé sud de l'Italie, c'est très agréable il paraît, en ce moment. Moi j'ai une amie qui y est allée et…

JEAN-LOUIS : Tais-toi Eros. Tais-toi vite.

EROS : Ah bon, pardon, pardon, jé dis plus rien. Allez, courage, Jean-Louis !

L'alarme annonçant l'arrivée de Divina retentit, les deux visages se figent.

JEAN-LOUIS : C'est elle. Elle vient de passer l'accueil. Elle monte.

EROS : C'est qui elle ?

JEAN-LOUIS : Il le fait exprès c'est pas possible ! C'est ELLE !

EROS : C'est elle, ELLE ?

JEAN-LOUIS : Oui c'est elle, ELLE !

EROS : *(il fait un signe de croix et regarde vers le ciel)* Dio mio, aiutaci.

JEAN-LOUIS : C'est pas le moment de faire ta prière, Eros. *(Jean-Louis et Eros sont tétanisés et se mettent à chuchoter comme si elle pouvait entendre.)* Qu'est-ce qu'on fait ?

EROS : Jé sais pas…

JEAN-LOUIS : On n'a qu'à lui ouvrir et se planquer quelque part en laissant le journal en évidence sur son bureau, non ?

EROS : On sera bien obligés dé sortir à un moment donné.

JEAN-LOUIS : J'ai envie de pleurer.

EROS : Moi aussi, mais faut pas j'ai mis du Rimmel…

JEAN-LOUIS : *(l'air dégoûté)* T'es sérieux ?

EROS : Tu peux pas comprendre !

Eros et Jean-Louis ne savent absolument pas quoi faire pour avoir l'air naturel. Ils se mettent dans différentes positions. On entend les pas de Divina derrière la porte. Son ombre se profile de loin puis grandit de plus en plus. Arrêt sur image rapide dans une position puissante, on voit l'ombre de Divina distinctement au travers de la porte. Changement de lumières. L'action reprend, Divina apparaît. Elle est habillée avec un manteau de pluie et un foulard noir sur la tête. Elle porte des gants et des lunettes noires. Après une entrée digne des plus grandes meneuses de revue, elle retire son manteau, le lance à Jean-Louis, retire son foulard, le lance à Eros, et apparaît dans une magnifique tenue. Elle est très impressionnante.

Divina : *(retirant ses gants doigt par doigt et les jetant au sol pour que Jean-Louis les ramasse, ignorant totalement les deux hommes)* La prochaine fois que vous me laissez attendre à l'extérieur, devant l'entrée de ce bâtiment, je vous licencie pour faute grave. Que ce soit dit et que ce soit clair.

Jean-Louis : Oui mais…

Divina : Vous pensiez pouvoir me ridiculiser en me laissant sous la pluie, c'est loupé ! Avec cette nouvelle coupe, même en pleine tempête rien ne bouge ! Ce qui semble normal vu le prix tout à fait indécent que cela m'a coûté ! J'espère que vous êtes en forme car Divina, elle, a très mal dormi !

Jean-Louis : Ah alors ! Justement…

Divina : Le mieux serait de ne pas m'interrompre quand je parle.

Jean-Louis : Oui, mais alors…

Divina : Nous avons beaucoup de travail aujourd'hui, Jean-Louis.

Jean-Louis : Je pensais juste vous dire bonjour, en réalité.

Divina : Vous trouvez ça vraiment nécessaire ? J'aime autant laisser tomber ce genre de politesse avec vous. Votre bonjour ne me faisant ni chaud ni froid, je préfère m'en passer.

Jean-Louis : Ah.

Divina : Voilà, merci. Eros, avant d'oublier, j'aimerais que vous alliez voir la jeune femme de l'accueil, et que vous lui fassiez un audit vestimentaire. Analysez la situation, j'ai bien peur qu'il ne soit déjà trop tard pour la sortir de ses horribles goûts mais si on pouvait éviter d'avoir, chaque matin, la vision de ce gigot ficelé dans des vêtements trop petits et maquillé à la truelle, cela me soulagerait et m'éviterait ce sentiment de dégoût chaque fois que je passe la porte.

Eros : Entendou madamé Divina !

Divina : Je crois que je ne me ferai jamais à votre façon de parler… enfin… vous n'y êtes pour rien, mon pauvre ami. *(Jean-Louis a à peine le temps de recacher le journal sous sa veste, Divina s'est déjà installée derrière le bureau.)* Est-il envisageable, si bien évidemment cela ne vous dérange pas trop, d'avoir un peu d'ordre sur ce bureau ?

Elle jette tous les sacs au sol. Jean-Louis se précipite pour les ramasser et fourre donc rapidement le journal dans son pantalon.

JEAN-LOUIS : Oui, Divina ! Tout de suite, Divina ! Ça va bien, vous ?… Euh non, pardon pardon… *(Hésitant, la voix chevrotante.)* Vous avez vu s'il fait beau, dites donc !

DIVINA : *(s'adressant au public)* J'hésite entre deux solutions pour cet homme. Soit il est idiot, hypothèse la plus vraisemblable, soit il est atteint de dégénérescence cérébrale. J'entre à l'instant trempée, il fait deux degrés dehors, et il me dit qu'il fait beau. Vous avez vraiment un gros problème psychologique mon vieux ! Consultez donc un psychiatre rapidement, je vous en prie.

JEAN-LOUIS : OK, j'y vais ! Au revoir messieurs dames, à bientôt !

Il prend son manteau très rapidement et se dirige à grands pas vers la sortie.

EROS : Ah non ! Ah non non non ! Jean-Louis, tou restes ici. Tou n'as pas fait lé café dé madame !

JEAN-LOUIS : Oui mais tu peux écouter parfois ? T'es idiot ou quoi ? Hein ? Divina vient de me dire d'aller voir un psy au plus vite. Je ne vais quand même pas refuser d'exécuter un de ses ordres ? Je la respecte beaucoup trop pour ça et puis…

DIVINA : … Jean-Louis, vous êtes d'une rare lourdeur. Vous retirez votre manteau immédiatement et vous me faites un café très, mais alors vraiment très serré, compris ?

JEAN-LOUIS : Très bien madame, tout de suite madame.

Il va faire le café.

DIVINA : Et je peux savoir où est mon journal ? Il va falloir que je vous demande chaque chose une par une aujourd'hui ? *(Jean-Louis lui donne le café.)* Merci mon petit. *(Jean-Louis reste muet. Il fait des signes mais ne parle pas. Divina au public.)* Le seul avantage de cette situation est que si j'assassine cet homme, la légitime défense me sera acquise immédiatement. Parlez, imbécile !

JEAN-LOUIS : Moi je fais ce que vous me dites de faire, Divina.

DIVINA : « Moi je fais ce que vous me dites de faire, Divina. » Bon, il est où, mon journal ?

JEAN-LOUIS : Je ne sais pas.

DIVINA : Eros, Jean-Louis, si dans quinze secondes je n'ai pas mon journal entre les mains, je vous réaffecte illico à l'entretien des sanitaires. C'est clair ou vous le voulez dans une autre langue ?

JEAN-LOUIS : Ah ! mais euh… ça y est ça me revient. Ce matin j'étais si chargé que j'ai demandé au marchand de journaux de me le glisser dans une poche !

Jean-Louis sort le journal tout doucement de son caleçon. Divina, atterrée, le regarde incrédule.

DIVINA : Ce n'est pas une poche, ça, Jean-Louis, c'est votre caleçon. Vous venez d'en sortir mon journal. J'espère que c'est une plaisanterie.

JEAN-LOUIS : Ah oui ! Vous avez raison ! Oh ! ce marchand de journaux, il est terrible, quand même.

EROS : Moi jé crois qué jé vais aller chez le marchand dé journaux avec les bras chargés de paquets…

DIVINA : Je peux vous assurer qu'il faut vraiment que j'aie envie de lire le journal pour accepter que vous me le sortiez de votre épouvantable caleçon d'avant-guerre.

Jean-Louis lui tend tout doucement le journal puis finit par le lancer par terre et s'enfuit en courant à l'autre bout du bureau. Là, il se masque les yeux avec ses mains et attend la réaction de Divina. Eros en fait autant.

JEAN-LOUIS : C'est bon, Divina ? Vous n'avez plus besoin de moi ?

Divina se lève, atterrée, ramasse le journal, puis se dirige vers les garçons.

DIVINA : Je ne sais vraiment pas ce qui me retient de vous le faire avaler.

Elle continue vers le cabinet de toilette à jardin et pose le journal sur un meuble. Les garçons sont totalement pétrifiés. Eros se rapproche de Jean-Louis, il chuchote.

EROS : Jean-Louis, jé n'arrête pas dé récevoir des messages qué si Divina apprend ça elle va pas être contente !

JEAN-LOUIS : Quoi ? C'est-à-dire ?

EROS : Eh beh, c'est-à-dire qué tout lé monde veut s'en débarrasser ! Les maisons dé couture appellent les unes après les autres pour annouler leurs invitations à la *fashion week* !

JEAN-LOUIS : Non ?

EROS : Si. Et pareil pour le gala dé charité dé la semaine prochaine. Annoulé.

JEAN-LOUIS : Oh merde ! *(Divina revient. Elle reprend le journal, puis découvrant la une du journal ne dit pas un mot.)* Ah oui ! vous aussi, la crise en Europe, ça vous consterne, hein ?

EROS : Oui et puis cé match dé rugby PSG-OM, ma c'est navrant.

Divina lit l'article et reste silencieuse. Jean-Louis et Eros ferment les yeux et se bouchent les oreilles. Elle sort alors un long porte-cigarettes et allume une Vogue. Elle fait quelques pas vers les garçons qui sont pétrifiés… puis repart en arrière. Elle est d'un calme inquiétant.

DIVINA : Jean-Louis, appelez-moi Camus.

JEAN-LOUIS : Oui Divina. Tout de suite Divina.

Il prend son téléphone. Ses tremblements incontrôlables l'empêchent de composer le numéro. Divina lui arrache le téléphone des mains et le fait elle-même. Elle s'installe calmement sur le fauteuil à cour, se met dans une position élégante et parle. Pendant toute cette conversation, Jean-Louis ne la quitte pas des yeux, il vit intérieurement chacune de ses paroles, il est très impressionné, la bouche grande ouverte, et s'agite presque autant qu'elle à la fin de la conversation.

DIVINA : Bonjour Brigitte… Bérengère pardon, je ne me ferai jamais à ce prénom ridicule… puis-je parler au consanguin dégénéré qui vous sert de patron, autrement dit monsieur Gilbert Camus, bien sûr… Oui, c'est Claire Bartoli, vous m'avez reconnue, ça me touche, vraiment… Merci… *(Très calme, presque charmeuse, sans aucune agressivité.)* Allô ? Gilbert ?… Bonjour, c'est Claire… Oui, je viens de lire le journal, oui… Ah ?… Tu ne voulais pas que je l'apprenne de cette façon ?… Tu voulais me le dire en face ?… Je comprends… Qui ?… Ah ! très bien. Sur… sur le même créneau ?… *(Elle saisit le bras d'Eros et le serre très fort, il ne peut pas hurler sa détresse… il se tortille dans tous les sens.)* Ah bon ! très bien… oh ! non non, je ne suis pas du tout triste. Je viens de passer vingt-cinq ans de ma vie à rapporter plus d'argent à ta chaîne qu'aucune autre animatrice ne lui en a rapporté, je me retrouve au chômage comme une débutante et, comble du bonheur je l'apprends dans *Le Parisien* ! Pourquoi serais-je triste ?… Non, tu te tais maintenant, c'est moi qui parle, mon grand ! Que tu n'aies pas été capable de m'appeler pour m'en parler avant, c'est une chose. Que tu aies fait toute ta carrière en m'exploitant et que tu me parles aujourd'hui comme si nous nous étions rencontrés il y a trois jours, passons ! Mais, cher monsieur Gilbert Camus, que tu te permettes de mettre cette pathétique Mireille mon cul à ma place, avec sa tête de fesses pas propres, pour animer mon émission, alors là, ça dépasse tout ! Qu'en plus tu lui refiles le même créneau, avec le même décor, là, je suis à deux doigts de faire un décollement de la plèvre ! Alors maintenant, je te dis merde ! Je te dis merde comme j'ai toujours eu envie de le faire, les seules choses me retenant étant ton statut de patron de chaîne et surtout ton pouvoir de signer mes chèques. Mais là, je te dis le plus beau merde du monde ! Ne t'avise surtout pas de me croiser où que ce soit, mon lapin, je pense que tu repartirais les pieds devant ! Sur ces bonnes paroles, compte sur moi pour nuire terriblement à ta petite existence médiocre et pour aller à la concurrence ruiner tes *prime times* pour séniles gâteux ! Ah ! j'allais oublier le meilleur pour la fin ! *(Pause.)* Tu pues de la gueule, ça fait vingt ans que toute la chaîne en parle et que personne n'ose te le dire ! TU… PUES… DE… LA… GUEULE ! Allez salut ! Aahhhh !!!!!

Elle pousse un cri de soulagement de lionne et relâche enfin Eros qui hurle à son tour ! Jean-Louis court récupérer son téléphone qu'elle a jeté en coulisses à cour.

JEAN-LOUIS : Oh bah non…

Eros verse une larme.

DIVINA : *(ferme)* Oh non ! Ça va, vous, maintenant, vous n'allez pas tomber dans le sentimentalisme pleurnichard ! On n'est pas dans *Martine perd son job*, là ! Oh ! on se calme ! Jean-Louis ! Whisky. Sec.

Jean-Louis : Tout de suite. Tout de suite !

Il va en courant et en tremblant au minibar et lui sert son whisky.

Divina : Eros ! Raccord make-up ! Je me suis tellement mise en surchauffe que j'ai fait fondre mon maquillage, je me fais peur à moi-même.

Eros : Si, Divina, si !

Il prend rapidement sa trousse de maquillage et va refaire le raccord pendant que la scène se poursuit…

Divina : Jean-Louis, puisque ces gens me veulent du mal et rêvent de me voir crever médiatiquement, on a quarante-huit heures maximum pour trouver une chaîne qui me reprenne immédiatement ! Il n'est pas question que je me laisse marcher dessus de cette façon, c'est le moment d'activer le peu de matière grise qu'il vous reste et d'avoir des idées, mon garçon ! Eros, vérifiez bien mes prochaines sorties mondaines. Je dois être au premier rang à tous les défilés de la *fashion week.*

Eros : C'est-à-dire qué…

Divina : C'est-à-dire qué quoi ?!

Eros : *(se cachant derrière son bras de peur de se faire frapper)* Tous les défilés ont retiré leurs invitations pour vous…

Divina : Pardon ?!

Eros : … et aussi lé gala dé charité !

Divina : Jean-Louis ! Mon téléphone ! Tout de suite ! *(Jean-Louis, tremblant, apporte son téléphone portable.)* Bon, on va tous les faire un par un, on va bien finir par trouver un contact ami. *(Elle consulte son répertoire et annonce tous les noms de producteurs qu'elle connaît.)* Camus, c'est mort. Barsimon ?

Jean-Louis : Il est mort.

Divina : Ah mince ! Et il prend de la place pour rien dans mes contacts ! Vous pourriez quand même mettre ça à jour. On se croirait dans les allées d'un cimetière avec tous ces morts dans mon répertoire. Béranger ?

Jean-Louis : Il y a une procédure en cours, Divina, vous l'avez insulté publiquement à la cérémonie des Sept d'or.

Divina : Mais enfin, c'était il y a quinze ans !

Jean-Louis : Oui, enfin, ça ne vous empêche pas de vous trimbaler toujours quinze ans après avec votre statuette. Lui n'a pas oublié non plus.

Divina : C'est le seul trophée que j'ai remporté, je ne vais sûrement pas le laisser prendre la poussière.

Jean-Louis : Oui, enfin de là à le garder toujours dans votre sac à main…

Divina : Jean-Louis ?

Jean-Louis : Oui Divina ?

DIVINA : Merde.

JEAN-LOUIS : Ah oui, d'accord. Très bien, Divina.

DIVINA : Bon. On reprend, si ça ne vous dérange pas. Clarck ?

JEAN-LOUIS : Vous avez ridiculisé sa femme en direct la semaine dernière.

DIVINA : Ah oui. Enfin y a pas idée aussi de se pointer avec un animal mort sur la tête. C'était quoi cette nouvelle teinture ? Ça va pas, non ? Même en Corrèze, ils n'en font plus, des comme ça. Bon… Mallet ?

JEAN-LOUIS : Elle a pris sa retraite, elle ne veut plus entendre parler du métier.

DIVINA : Elle ? Ah ? C'est une femme ? J'ai toujours cru que c'était un homme. Ça explique tout. Cela dit, faudra lui faire passer le message que c'est plutôt le métier qui ne veut plus d'elle. Qui n'en a jamais voulu d'ailleurs. « Elle ne veut plus entendre parler du métier », non mais j'hallucine ! Barma ?

JEAN-LOUIS : Elle produit déjà trois émissions sur quatre et du succès partout, elle ne prend plus rien de nouveau.

DIVINA : Bon vous le faites exprès ou quoi ? Justement, si elle est abonnée au succès, elle devrait avoir envie de me récupérer. Appelez !

JEAN-LOUIS : Maintenant ?

DIVINA : Bah oui ! maintenant ! Vous préférez attendre que ce déshonneur public m'ait enterrée vivante ? Magnez-vous.

JEAN-LOUIS : Oui, Divina ! Tout de suite, Divina !

Il se tortille dans tous les sens.

DIVINA : *(le regardant, perplexe)* C'est quoi votre problème, encore ?

JEAN-LOUIS : Rien, mais je… je…

DIVINA : Vous quoi ?

JEAN-LOUIS : J'ai une envie soudaine et difficilement contrôlable d'aller aux toilettes.

DIVINA : *(effondrée, regardant vers le ciel)* Mon Dieu ! Si un jour on se parle tous les deux, dites-moi ce que j'ai fait de si grave pour mériter ça, vous serez sympa ! *(À Jean-Louis, hurlant.)* Bah allez-y, bon sang ! Et profitez-en pour vous recoiffer, vous avez une tête de fou.

JEAN-LOUIS : Oh merci Divina !

Il sort en courant.

DIVINA : Bon, Eros, au boulot. Appelez-moi Barma.

EROS : Moi ?

DIVINA : Non, l'autre derrière vous.

EROS : Ah ! pardon ! J'ai cru qué vous me parliez.

Il se rassoit.

DIVINA : *(hurlant)* Mais oui, je vous parle ! Évidemment, je vous parle ! Vous voyez quelqu'un d'autre, dans cette pièce ?

EROS (Thierry Lopez), DIVINA (Amanda Lear) et JEAN-LOUIS (Guillaume Marquet)

Eros s'approche du bureau et reste planté.

EROS : Comment ça marché ?

DIVINA : Quoi « comment ça marché ? » !

EROS : *(l'air catastrophé)* Bah jé sais pas, j'ai pas fait de formation dé sécrétariat, moi.

DIVINA : Mais enfin, je vous demande de passer un appel, c'est quand même pas compliqué.

Eros regardant le gros téléphone fixe de Divina.

EROS : Bah oui ! Mais on n'a pas le même téléphone portable, visiblement.

DIVINA : Eros, cela ne me fait pas rire ! Tenez ! Composez !

EROS : 0… 1… 4… 2… 0… 8… 0… 8… 0… 8… ! Et voilà !

Il lui tend le combiné.

DIVINA : Maintenant, vous dites que vous êtes mon assistant et que vous voulez parler à madame Barma de la part de Claire Bartoli, puis une fois que vous l'avez, vous me la passez. Je ne vais quand même pas appeler toute seule, ça fait ringard.

EROS : Mais Divina, jé né souis pas votre assistant, c'est pas grave ?

DIVINA : Oh mais la ferme ! Qu'est-ce qu'elle en sait, elle, que vous n'êtes pas mon assistant ?

EROS : Allô ? Madame Barma ?… Non ? Vous n'êtes pas madame Barma ?… Ah ! pardon ! J'ai dû me tromper de numéro. Au revoir.

Il raccroche et va s'asseoir sur le sofa.

DIVINA : Vous vous foutez de ma gueule ?

EROS : Mais non, Divina, jé né mé permettrais pas. Jé souis tombé sour quelqu'un d'autre.

DIVINA : Mais évidemment vous êtes tombé sur quelqu'un d'autre. Y a une règle, bonhomme. À la télé, tous les gens importants ont des assistants. Les gens encore plus importants filent des assistants à leurs assistants… Les pires mettent même trois ou quatre barrières d'assistants hydrocéphales avant d'arriver à eux. Ça fait plus chic, et surtout ça leur donne l'impression d'être des gens importants. Alors rappelez. Et demandez à l'assistante de Barma de vous passer, recta, la dame en question.

EROS : Haaannn ! Jé savais pas tout ça, Divina. C'est gentil dé m'apprendre des choses. Ça mé touche beaucoup, vous savez ?

DIVINA : Épatant ! Allez, composez !

Eros recommence le même cirque plus rapidement.

EROS : Allô ?… Oui, bonjour ! Ici Eros Giovannetti ! Jé suis l'assistant dé l'assistant dé l'assistant dé Claire Bartoli. Madame Bartoli souhaite parler à madame Barma ! Et directément, hé ! C'est pas la peine dé nous passer quatorze assistants hydro j'sais pas quoi, j'ai pas compris, ça va, on sait qu'elle est importante et vous aussi, on le sait, que vous êtes importante hé ! stupida... Voilà, merci ! *(À la surprise générale, on passe madame Barma à Eros directement.)* Allô ? Madame Barma ?... Oui ?... *(Hurlant dans le téléphone.)*... Han ! je suis trop content dé vous avoir au téléphone ! Ma qué ma patronne elle mé parle toujours dé vous !... Ça mé fait trop bizarre dé vous entendre en vrai !...

DIVINA : *(lui arrachant le téléphone)* Pardonne-le, ma chérie, il a le cerveau d'une boule de mozzarella, c'est effrayant. Comment vas-tu ?... Oui ?... Vraiment ?... Ah ! écoute, je suis contente pour toi. Ah non ! Vraiment... Et ton mari ?... Oh ! c'est super, ça, alors !... *(Elle lève les yeux au ciel en regardant Eros qui s'en amuse.)*... Et tes enfants aussi sont en forme ?... Ils sont partis à la montagne ?... Ah bah, c'est bien ! Écoute, c'est super, même ! Je me demande si c'est pas la meilleure nouvelle du jour, tiens... Ah oui ?... *(À Eros, cachant le micro du téléphone.)* Elle commence à me parler de sa belle-mère, j'ai bien peur d'avoir droit à tout l'arbre généalogique... Bon eh bien c'est super tout ça, je suis bien contente d'avoir des nouvelles de tout le monde tu sais... Ah oui ? Oh non ! Châtaigne est malade ? Mais qu'est-ce qu'il lui arrive ? – *(À Eros.)* Oh non ! Pitié ! Elle me parle de sa chatte, maintenant, je vais avoir droit aux poissons rouges dans deux minutes. – Bon, bon, j'espère que cette pauvre Châtaigne va se remettre... Et sinon, au boulot, tout se passe bien ?... Ah oui ? Tu as encore battu les records d'audience ?... Écoute, c'est impressionnant... Tu sais, moi, j'en ai un peu ras le bol de bosser toujours avec les mêmes, je crois que j'ai besoin de changer un peu d'environnement... Et je me disais pas plus tard que ce matin que ce serait formidable qu'on bosse ensemble, non ? Entre personnes abonnées au succès, on se comprend ?... Ah oui ?... Tu as lu le journal ?... Comme tout le monde, oui... Oui, je sais... Oui, je sais, je sais... C'est facile pour personne, oui... Bon... bon, bon... oui, oui... sûrement... oui, oui, c'est ça, au revoir, chérie.

Elle raccroche.

EROS : *(toujours pas redescendu sur terre, avec toujours un grand sourire idiot)* Alors c'est bon ? Elle vous engage ?

DIVINA : J'ai vraiment la tête d'une femme à qui on vient d'annoncer une bonne nouvelle ?

EROS : Non, pas trop, c'est vrai !

Jean-Louis revient.

DIVINA : Faudra m'expliquer un jour pourquoi tout est si compliqué avec vous, Jean-Louis ! Vous venez de mettre dix minutes pour aller aux toilettes et revenir. Vous avez un problème d'évacuation ou quoi ?

JEAN-LOUIS : Ah non non ! Pas du tout, Divina ! J'ai fait tout ça très vite, mais ensuite en remontant j'ai reçu un appel de ma maman. Elle s'inquiétait pour moi et elle me disait que tout le monde parlait de vous dans son quartier !

DIVINA : Je suis censée me réjouir ?

JEAN-LOUIS : Bah moi, j'aimerais bien qu'on parle de moi dans son quartier.

DIVINA : Sauf que vous, pour qu'on parle de vous, faudrait vous faire violer puis égorger en plein milieu d'une rue pour espérer avoir deux lignes dans la rubrique faits divers. Moi, à chaque opération, j'ai droit à la une ! Le nez, deux pages, les seins, quatre pages, et à chaque nouveau Botox, j'ai droit à un dossier spécial ! Alors ce licenciement, vous pensez…

Jean-Louis soupire, songeur, et l'enviant.

JEAN-LOUIS : Bon alors, Barma, ça a donné quoi ?

DIVINA : J'ai eu droit aux nouvelles de toute la smala ainsi qu'à cinquante-deux « ma chérie » dans la conversation, mais rien d'autre ! Elle n'a pas le temps, elle a déjà trop de succès, elle a peur d'être enviée, et gnagnagni et gnagnagna… Bref, elle a lu le journal comme tout le monde et elle ne veut pas d'une nana qu'on a virée le matin même. Comme on la comprend, du reste. Je suis fichue.

JEAN-LOUIS : Ma pauvre Divina.

DIVINA : Chaque fois que vous me regardez avec compassion j'ai envie de vous étriper. Alors gardez vos « ma pauvre » pour votre copine *(Indiquant Eros.)* et moi, laissez-moi tranquille. Il n'y en a donc pas un de vous deux qui va me trouver une idée un peu intéressante pour sauver nos emplois ?

JEAN-LOUIS : Malheureusement, sans vouloir être désagréable, Divina…

DIVINA : Je ne sais pas pourquoi je sens que ça ne va pas me plaire ce que vous allez dire…

JEAN-LOUIS : Non mais… c'est juste que… lors de votre dernière émission spéciale, celle qui vous était entièrement consacrée, nous avons cherché pendant plusieurs semaines des contacts du métier qui pourraient venir témoigner de votre gentillesse, et nous n'en avons pas trouvé un seul !

DIVINA : Ce besoin que vous avez d'être sans cesse rabaissant !

JEAN-LOUIS : Pardon Divina, je ne le fais pas exprès mais…

DIVINA : Les gens ne comprennent pas mon humour, que voulez-vous, ça me navre.

EROS : *(soudain éclair de génie)* Moi jé sais qui pourrait vous aider Divina…

DIVINA : Tiens, vous êtes encore là, vous ?

EROS : Oui, je me faisais discret…

DIVINA : Discret ? Vous clignotez comme un semi-remorque tchécoslovaque sur une aire d'autoroute du sud de la France. On se croirait à un concert de Laura Pausini.

EROS : *(se met à fredonner puis à chanter très fort comme illuminé au moment où il entend le nom de Laura Pausini) La solitudine fra noi, questo silenzio dentro me, E l'inquietudine di vivere, la vita senza te ! (S'arrêtant de chanter, hautain.)* Divina, je vous aime bien, mais ça, c'est la mode, vous pouvez pas comprendre.

DIVINA : On se calme, ma jolie. La mode, c'est moi qui la lance, je vous le rappelle.

EROS : *(vexé)* Bon, bon tant pis, jé vous dis pas cé qué j'avais pensé…

DIVINA : Soyons bien clairs, Eros, je ne me mettrai pas à genoux pour vous supplier, alors ne perdons pas de temps.

EROS : Bon. Moi jé sais qui pourrait tout à fait vous accuéillir dans son émission à bras ouverts et qui pourrait même vous donner oune bonne place pour l'animer avec loui !

DIVINA : Ça va durer encore longtemps ? Vous allez le sortir, ce nom, ou vous voulez que je l'arrache au fond de votre gorge ?

EROS : Votre ancien pétit ami, Baptiste.

JEAN-LOUIS : *(sursautant)* Son ancien petit ami, Baptiste ?

EROS : Oui son ancien pétit ami, Baptiste.

JEAN-LOUIS : Son ancien petit ami.

EROS : Son ancien pétit ami !

JEAN-LOUIS : Baptiste ?

EROS : Baptiste !

JEAN-LOUIS : Baptiste !

EROS : Baptiste !

DIVINA : *(fort)* La ferme ! Vous êtes cinglés ou quoi ? Baptiste ne voudra jamais de moi ! Je ne me suis jamais occupée de lui ! Il me déteste sur vingt-cinq générations. Je vous rappelle qu'il présente, qui plus est, une émission de cuisine minable, sur une chaîne pas moins minable, du câble ! Si vous pensez une seconde que je vais aller apprendre à la bande de déchets de la société qui doit regarder cette émission comment fourrer une dinde ou cuire une omelette, vous pouvez toujours courir !

EROS : Claire, c'est la seule et ounique solution.

JEAN-LOUIS : Claire, c'est certain, c'est la seule et unique solution.

DIVINA : Oh ! ça va, tous les deux ! Vous êtes bien sûrs de vous, brusquement. Encore un peu et vous allez finir par m'appeler par mon prénom et me taper sur l'épaule.

Jean-Louis lui tape sur l'épaule. Regard noir de Divina, il comprend.

EROS : En même temps, c'est pas pour dire mais on est tous chômeurs à l'heure qu'il est, alors…

DIVINA : Alors rien du tout ! Vous restez à votre place et moi à la mienne, c'est clair ? Je ne vais pas passer de la plus grande chaîne de télévision à une sombre chaîne de cuisine du câble ! Et puis de toute façon, je suis incapable de téléphoner à Baptiste, que je n'ai pas vu depuis cinq ans, pour lui dire que son ex-petite copine adorée n'a plus de travail, et qu'elle n'a comme seule solution que de venir squatter son plateau télé d'émission culinaire.

JEAN-LOUIS : On va tout organiser, Divina. Avec Eros. C'est promis.

DIVINA : Mais arrêtez deux minutes votre délire, mon grand ! Je suis Claire Bartoli, dite Divina ! Cela fait vingt-cinq ans que la planète télé tout entière me courtise. Alors vous voyez ce téléphone, là ?

JEAN-LOUIS : Oui…

DIVINA : Et vous Eros vous le voyez bien ce téléphone ?

EROS : Oui…

DIVINA : Eh bien, il va sonner dans quelques secondes et on va me proposer de revenir dans une énorme émission en *prime time* ! Et si ce n'est pas dans quelques secondes, ce sera dans quelques minutes ! Mais ça viendra vite ! *(Eros et Jean-Louis n'y croient pas une seconde. Le téléphone sonne. Divina se recoiffe rapidement, chauffe sa voix, et prend une pose pour narguer les garçons. Jean-Louis lui décroche le téléphone.)* Divina, j'écoute ?… Oui oui, c'est elle-même, monsieur, vous ne rêvez pas ! Allez-y, faites-moi votre proposition ! Annoncez-moi le tarif ! *(S'asseyant sur le sofa.)* Assommez-moi avec vos chiffres, faites-moi rêver ! Rien n'est jamais trop grand pour moi, vous le savez. Alors allez-y, mon grand. Bombardez ! Mais d'abord, dites-moi quelle chaîne vous représentez ?… Vous ne représentez aucune chaîne ? Ah ! alors vous voulez sûrement me proposer un premier rôle dans un long métrage ? Un road movie avec DiCaprio ? Une comédie romantique avec Ben Affleck ? Non plus ?… Bon alors, vous êtes qui, bordel ?… Ah. Oui. Très bien. Merci. Au revoir.

Elle raccroche et dans un élan d'énervement donne un grand coup sur les dossiers de son bureau et envoie tout par terre. Eros et Jean-Louis sursautent, paniqués.

EROS : C'était pas oun produttoré ?

DIVINA : Non c'était pas « oun produttoré », c'était le pressing qui m'informait que mes vêtements sont prêts pour la prochaine émission !

EROS : Ah ! parfait ! J'ai eu peur qu'on né les ai pas à temps pour lé tournage !

JEAN-LOUIS : Non mais tu comprends vraiment rien, mon pauvre, c'est très grave.

DIVINA : Laissez-le Jean-Louis. Qu'il aille chercher ces vêtements, je veux être belle dans mon cercueil !

EROS : On appelle Baptiste ou vous préférez attendre le prochain coup de fil de votre garagiste, de votre plombier ou de votre coloriste ?

DIVINA : Je n'ai pas de coloriste, c'est ma couleur naturelle, et je vous emmerde. Je n'irai pas dans votre émission de cuisine avec Baptiste.

EROS : *(parti dans son histoire, il se met à parler très vite en italien)* Chiamamolo adesso, e vediamo come reagisce…

DIVINA : Ça le dérangerait de parler français ou préférerait-il qu'on engageât un interprète pour le comprendre ?

JEAN-LOUIS : Moi j'aime bien quand il parle en italien, ça me rappelle ma première petite copine, Daniella, elle était petite et un peu grosse mais super drôle et très câline !

Rire pervers.

DIVINA : Jean-Louis, vous êtes abject.

JEAN-LOUIS : Merci Divina.

EROS : Jé disais, appélons-le déjà, on verra comment il réagit. Il faut me faire confiance, vous savez, moi, j'ai toujours des bonnes idées. Baptiste sera certainement très heureux dé votre appel.

DIVINA : Oui, bien sûr. Il va même se rouler par terre de joie à mon avis.

EROS : Allez, appelle Baptiste, Jean-Louis !

DIVINA : C'est vous qui donnez les ordres maintenant ? Jean-Louis, vous n'appelez personne. Si personne ne m'appelle c'est que les gens doivent penser que tout ceci n'est qu'une blague ! *(Un temps, pas convaincue par ce qu'elle vient de dire.)* Appelez Baptiste. Maintenant.

EROS : Oh oui ! Vous faites lé bon choix Divina.

Il se précipite sur le téléphone, compose le numéro et met le haut-parleur.

ÉMILIE : *(off) Divinement bon pour vous servir,* le magazine des grands gourmands, Émilie à votre écoute ??

EROS : Oui bondjour Émilie, c'est Eros Giovannetti, jé suis styliste dans la mode des vestimentaires dépuis quelques années à Parigi !

ÉMILIE : Oui ? Et alors ?

EROS : Ah non ! Jé dis ça commé ça des fois qué vous ayez besoin dé quelque chose oun jour, oune ténue ou jé né sais pas quoi… Parce qué vous savez c'est important dé bien s'habiller ! Ma grand-mère italienne disait toujours, oune femme mal habillée, c'est oune femme, euh… Je me souviens plus de ce qu'elle disait. Pourtant, c'est drôle, je le dis tout le temps ! *(Il rit bêtement.)* C'est fou commé parfois on oublie les choses les plous évidentes. Moi, j'ai toujours peur d'avoir attrapé la maladie dé la vache…

DIVINA : Eros ! *(Cachant le microphone.)* Magnez-vous, c'est insoutenable !

EROS : Ah oui oui ! pardon ! Émilie, jé vous appelle car jé travaille avec Claire… *(Un temps.)* … Claire Bartoli dé la télévision…

ÉMILIE : *(méfiante)* Ah oui ?

EROS : Claire aimerait beaucoup pouvoir discouter avec Baptiste Tallieux dé choses et d'autres.

ÉMILIE : Ah mais je suis désolée, Baptiste n'est pas joignable pour le moment. Nous sommes en pleine séance de préparation de notre prochain show.

Divina lève les yeux au ciel.

EROS : Ah. Mais passez-le-nous juste ouné séconde, jé vous en prie, c'est très important.

ÉMILIE : Désolée, mais tous les appels passent par moi d'abord, hein. Je fais ensuite une petite fiche compte-rendu à Baptiste que j'accroche sur le tableau de service et qu'il consulte en fin de journée. C'est lui qui décide si, oui ou non, il doit donner suite.

EROS : Écoutez, Émilie, Claire a quelque chose d'important à dire à Baptiste. Passez-le-nous cinq secondes !

ÉMILIE : Et elle ne peut pas l'appeler elle-même pour le lui dire ?

EROS : Euh... non... euh... *(Jean-Louis lui fait de grands signes en montrant sa gorge.)* Elle s'est cassé la gorge ?... *(Jean-Louis redouble d'énergie pour se faire comprendre.)* Euh non ! Elle a une extinction dé voix ! Ahaha ! je souis trop fort moi aux dévinettes des mimes !

ÉMILIE : Écoutez, vous êtes bien gentil, mon grand, mais moi j'ai autre chose à faire que d'écouter vos devinettes débiles ! Alors votre patronne, j'imagine qu'elle sait où le studio de Baptiste se trouve. Si elle veut le voir, elle n'a qu'à se déplacer. Maintenant, vous m'excuserez, j'ai du travail.

Elle raccroche.

EROS : Et voilà ! On n'a plus qu'à y aller. Bon je suis pas sûr qu'elle nous accueille les bras ouverts, mais bon, lé contact est établi et j'ai senti oun bon feeling !

JEAN-LOUIS : T'es trop fort, Eros, quand tu veux !

DIVINA : Bon les jeunes, fin de la récréation, reprenez vos cartables, vous pouvez partir, tout ça m'a épuisée, je vais me reposer un peu avant de sortir et que la France entière me siffle dans la rue... On ira voir Baptiste demain après-midi si je n'ai rien trouvé de mieux, et si sa chienne de garde nous laisse passer !

JEAN-LOUIS : Bon courage, Divina, on est avec vous !

EROS : Oui, Divina ! Qué la force du destin, « la forza del destino », soit avec vous, comme on dit chez moi !

DIVINA : Oui oui, voilà, c'est ça.

Jean-Louis et Eros restent plantés devant Divina comme deux imbéciles.

DIVINA : Bon, vous attendez qu'il vous pousse des racines ? Vous avez peut-être envie que je vous arrose pour voir si ça bourgeonne ? Allez, dehors, je vous ai assez vus ! Dehors !

Ils partent rapidement. La lumière baisse. Divina sort les vêtements apportés par Eros un par un… Elle s'assoit dans le sofa en silence, plonge le visage dans l'un des vêtements pour étouffer un sanglot. La lumière baisse jusqu'au noir complet.

2

Sur le plateau de télévision de l'émission de Baptiste, le lendemain après-midi. La scène commence juste avant le début d'un tournage. En scène, Baptiste et Émilie, son assistante. Baptiste est en train de ranger à toute vitesse la cuisine pendant qu'Émilie termine d'apprendre la recette qu'elle va devoir présenter dans quelques minutes.

ÉMILIE : *(nerveuse)* 250 grammes de sucre, 250 grammes de farine, 250 grammes de beurre, quatre œufs et… et… et… ah ! mais c'est pas vrai ! Je ne me souviens jamais de l'ingrédient en plus du sucre, de la farine et du beurre…

Elle replonge le nez dans son livre de cuisine tout en terminant de nouer son tablier.

BAPTISTE : Du chocolat Émilie ! Du cho-co-lat !

ÉMILIE : Ha oui ! Mais oui ! Évidemment ! Tu as une mémoire incroyable, Baptiste. T'as trop de chance. Moi, dès que ça devient trop compliqué, ces recettes, je perds tous mes moyens.

BAPTISTE : En même temps, le chocolat dans la recette du gâteau au chocolat, c'est pas super difficile à retenir.

ÉMILIE : Bah attends, tu dis ça mais ça aurait pu être tout à fait autre chose hein. Du yaourt, des pommes… du pain !

BAPTISTE : Non Émilie. Non. Dans un gâteau au chocolat, ça ne peut pas être autre chose que du chocolat, en fait.

ÉMILIE : *(niaise)* Oui bon, OK, tu as sûrement raison. Tu es impressionnant, Baptiste. Vraiment.

BAPTISTE : C'est l'horreur, là, viens m'aider, on ne sera jamais prêts à temps sinon. C'est bon, tu t'en souviendras, de ta recette.

ÉMILIE : Oui oui, pardon, je me mets une pression de dingue, moi. J'ai l'impression de présenter le JT à chaque fois.

VOIX OFF : Antenne dans une minute.

ÉMILIE : Ah ! ça y est ! Je ne sens plus mes jambes !

BAPTISTE : On s'en fout de tes jambes, pense à autre chose !

ÉMILIE : Ah ! lala ! c'est l'horreur, je me sens mal. Baptiste ?

BAPTISTE : Ce n'est vraiment pas le moment !

VOIX OFF : Antenne dans trente secondes.

ÉMILIE : Oui, je sais mais là, je crois que je… je… je vais m'évanouir. Je te jure. *(Se jetant contre lui.)* C'est la première fois que ça m'arrive.

BAPTISTE : Ah oui ? C'est marrant, j'ai l'impression de t'entendre dire ça à chaque tournage.

VOIX OFF : Dix secondes.

ÉMILIE : Ah non non ! Mais là, c'est plus fort ! J'ai… j'ai mal au cou Baptiste ! Je… je… Oh la !… Je crois que je fais une méningite.

BAPTISTE : *(lui posant le bras sur l'épaule, gentiment)* Tu ne crois rien du tout, tu n'as rien du tout. Respire et fais croire à ton bonheur.

VOIX OFF : Antenne !

Baptiste et Émilie sont tous les deux resplendissants et surtout pas naturels. Sourire Colgate à s'en faire mal aux joues.

BAPTISTE : Bonjour à toutes et à tous, et bienvenue dans notre nouveau numéro de *Divinement bon pour vous servir.*

ÉMILIE : Le magazine des grands gourmands !

BAPTISTE : Avec Émilie…

ÉMILIE : … et Baptiste ! Aujourd'hui, nous allons vous apprendre la recette d'un délicieux gâteau au yaourt !

BAPTISTE : Vous êtes sûre de ça, Émilie ?

ÉMILIE : *(toujours bêtement souriante)* Non Baptiste, je n'en suis pas si sûre ! Ahaha !

BAPTISTE : Ah oui, car il me semblait bien que nous avions prévu de jolies tablettes de cho ? de cho ?

ÉMILIE : Colat !!! Ahaha ! oui ! Mais c'est ça, bien sûr ! Un bon gâteau au chocolat ! Miam-miam.

BAPTISTE : Alors, Émilie ? Dites-nous donc comment procéder.

ÉMILIE : Eh bien, cher Baptiste, c'est bien simple. Prenez un récipient comme ceci. Hein ? Voilà… euh… Une sorte de grand bol… en quelque sorte.

BAPTISTE : Oui, disons-le simplement, un saladier.

ÉMILIE : Voilà ! Un saladier ! Versez-y les ingrédients dedans. *(Versant tous les ingrédients dedans sans rien expliquer, totalement perdue.)* Alors bon… dans le bon sens, surtout, hein, ça, c'est important !

BAPTISTE : Doucement, Émilie, doucement. Qu'avez-vous mis si vite dans votre saladier ?

ÉMILIE : *(hurlant)* Du chocolat !

BAPTISTE : Oh oui, Émilie c'est bien. Mais à part ça ?

ÉMILIE : Ah bah ! Tout le reste, quoi ! Hein ?

BAPTISTE : Bon bon bon ! voilà, c'est bien… c'est super… c'est vraiment bien…

Il la pousse avec un regard noir, d'abord elle ne comprend pas puis on la voit disparaître doucement « hors-champ » pour vérifier la recette dans son livre.

ÉMILIE : Tiens tiens tiens, je crois que j'ai oublié quelque chose par là-bas, moi…

BAPTISTE : Donc, mélangez bien le sucre, la farine et le chocolat.

Il tente désespérément de remuer mais Émilie ayant mis les ingrédients n'importe comment, il en met partout.

ÉMILIE : *(hors-champ)* Ah ! mais merde ! On a oublié de faire fondre le chocolat ! Rohlalala ! je savais que j'oubliais un truc super important.

Baptiste parle fort pour couvrir la voix d'Émilie, toujours avec son sourire de commercial pathétique.

BAPTISTE : Voilà voilà !

Émilie revient d'un coup. Sourire impeccable mais décoiffée – elle a tendance à se frotter les cheveux quand elle stresse.

ÉMILIE : Alors ensuite, n'oubliez surtout pas de bien bien battre les œufs en neige. Pour cela, vous pouvez utiliser un batteur électrique, c'est plus simple et puis ça va quand même plus vite. On se demande vraiment comment ont fait nos mères pour vivre sans batteur ni électricité !

BAPTISTE : Oh ! mais votre maman doit être très âgée, Émilie, car la mienne a connu les joies de l'électricité, vous savez ?

ÉMILIE : Ah oui ? Quelle chance, dites donc ! *(Pendant ces dernières répliques, elle a cassé des œufs dans un saladier sans séparer le blanc du jaune puis a saisi le batteur qui évidemment ne fonctionne pas. Elle essaye donc de combler.)* Baptiste ? Je crois que nous avons un petit souci de batteur…

Baptiste cherche désespérément un fouet manuel…

BAPTISTE : Ah oui ? Mais non !

ÉMILIE : Mais si !

BAPTISTE : Mais non ?

ÉMILIE : Mais si !

BAPTISTE : Mais Émilie, ce n'est pas un problème, on peut aussi les battre à la main !

ÉMILIE : Mais tout à fait, Baptiste ! Tout à fait. Donnez-moi donc un joli petit fouet pour que je le fasse immédiatement.

Ils cherchent tous les deux, Émilie finit par prendre une fourchette.

BAPTISTE : Oh bah oui ! Avec une bonne fourchette, c'est tellement plus simple.

ÉMILIE : *(battant)* Voilà voilà, c'est presque prêt. Vous saurez si les blancs sont suffisamment montés, si rien ne tombe en retournant le saladier.

BAPTISTE : Et Émilie étant une cuisinière hors pair, elle va réussir à faire monter les blancs, sans en avoir enlevé les jaunes !

Grande détresse d'Émilie qui vient de comprendre son fatal oubli.

ÉMILIE : Ahaha ! Mais non ? Mais non ! Enfin, Baptiste ! Où voyez-vous des jaunes d'œufs ? Pas du tout ! Regardez, ça y est, c'est prêt…

Baptiste : Ah oui ! pardon, j'ai dû mal regarder. Oh ! qu'ils sont beaux, vos blancs, ma chère Émilie ! Allez-y, retournez donc le saladier pour voir si rien ne tombe ?

Émilie : Oh non, Baptiste, je crois que cette fois-ci, ce n'est pas indispensable ! Ces blancs d'œufs ont l'air si forts ! Si robustes ! *(Sourire gêné, ne trouvant plus ses mots.)* Donc, maintenant, vous prenez une sorte de casserole en métal sans manche qui ressemble à… une poêle… sans manche.

Baptiste : Plus communément appelée un moule à gâteau.

Émilie : Oui, voilà ! Un moule ! Un moule à gâteau ! Pas un moule à tarte. Surtout pas ! Car sinon, ça ne fonctionne pas. Merci Baptiste. Vous versez le tout dedans. *(Ils versent l'horrible mélange dans le moule.)* Tac ! Au four, thermostat… euh… thermostat… 9 !

Elle referme la porte du four. Les plombs sautent. On entend un gros bruit, puis des chuchotements.

Baptiste : Mais bordel ! C'est pas possible d'être aussi bête ! Je t'ai dit jamais plus que 7, le thermostat, sinon les plombs sautent !

Émilie : Oh non ! C'est pas possible ! Qu'est-ce que j'ai fait au bon Dieu pour mériter ça ? Je te jure que je n'ai pas fait exprès, Baptiste.

Baptiste : Tais-toi ! Je t'en supplie, tais-toi !

Soudain la lumière revient. Ils se redressent et se retournent instantanément, avec toujours le même sourire mais de plus en plus nerveux. Ils se mettent à faire des gestes ridicules pour symboliser le temps qui passe comme si de rien n'était.

Baptiste et Émilie : Tic tac, tic tac, tic tac…

Émilie : Tic tic tac tac tic tic tac tac.

Elle s'amuse beaucoup. Elle est la seule… Elle chante ses tic tac ! Baptiste trafique le minuteur pour que ça sonne.

Baptiste : Et voilà !! *(Il ouvre le four et sort un autre gâteau parfaitement cuit avec déjà toute une décoration dessus, un glaçage coloré et même des bougies d'anniversaire.)* Oh mais, qu'il a l'air délicieux ce dessert, Émilie ! Huuummmm ! Dommage que vous n'ayez pas la possibilité de sentir cette merveilleuse odeur depuis chez vous, car c'est un pur délice pour l'odorat.

Émilie : Ah que oui ! Cher Baptiste ! Ah que oui oui oui ! Je reconnais tout à fait la bonne odeur d'antan, celle de chez ma grand-maman… Preuve que la recette fonctionne toujours à merveille.

Baptiste : Formidable, Émilie. C'est formidable. Vous n'avez donc plus qu'à démouler ce magnifique gâteau et à le déguster.

Soudain une fumée blanche s'échappe du four derrière eux.

Émilie : *(tentant de faire diversion pendant que Baptiste s'agite pour dégager la fumée avec son tablier)* Oui Baptiste, vous avez raison ! Ce gâteau est le compagnon idéal des fêtes improvisées entre amis ou bien en famille ! Coupez-le en parts égales et partagez-le, vous vivrez un instant généreux de convavalité… de convava… de de concon… Un bon moment, quoi.

BAPTISTE : Voilà oui. Nous vous apprendrons dans un prochain numéro comment faire une délicieuse crème anglaise pour l'accompagner.

ÉMILIE : Oh oui ! Une crème anglaise qui sent bon la vanille de Madagascar et qui se mariera divinement bien avec votre gâteau au chocolat. En attendant cette prochaine délicieuse étape, nous vous souhaitons un bon appétit, les amis.

BAPTISTE : Oui. Un bon appétit pour une bonne journée.

BAPTISTE ET ÉMILIE : C'était Baptiste et Émilie qui vous ont présenté, *Divinement bon pour vous servir.*

VOIX OFF : Top ! Fin de la prise d'antenne ! Salut les amis !

BAPTISTE : *(revenant à une façon de parler normale de façon très rapide)* Ah bah ! faut pas compter sur eux pour aider à ranger, hein !

ÉMILIE : Ça, c'est bien vrai, Baptiste, alors ! Y en a marre, hein ! Ce sont toujours les mêmes qui font le sale boulot !

BAPTISTE : Laisse, Émilie, je vais m'en occuper cette fois… tu t'es tellement surpassée…

ÉMILIE : Non non non, laisse-moi faire, Baptiste, c'était déjà toi la dernière fois. Et moi, tu sais comme je suis là-dessus, hein ? Tu le sais bien, comme je suis ? Ah non ! Moi j'ai toujours été pour l'équité et le partage des tâches ! Y a que ça d'important. Tu ranges le lundi, je range le mardi, tu ranges le mercredi, je range le jeudi. Et puis si un jour, tu es fatigué, et je le comprends tout à fait, mon petit Baptiste, alors je range à ta place, ce n'est pas un problème, d'accord ?

BAPTISTE : *(un peu dépassé par la rhétorique pénible d'Émilie)* Bon, bon, faisons-le tous les deux alors.

ÉMILIE : D'accord. Mais vraiment, sens-toi à l'aise avec moi, hein, tu le sais, hein ? Tu le sais, Baptiste ? On fait pas d'histoires. On travaille ensemble tous les jours, c'est normal de s'entraider un minimum, hein. Moi, j'ai toujours dit, l'entraide, y a que ça de vrai, hein. C'est ça qu'est beau dans le travail, hein. On y va, on est là, on est forts ! C'est dynamique, hein, pas de temps mort, pas de question, pas de doute. Alleeez ! Haut les cœurs !

BAPTISTE : *(qui aimerait qu'elle se taise)* Oui oui, j'ai bien compris le sens de ton discours, là, c'est bon.

Entrée de Jean-Louis et Divina. Jean-Louis, toujours dans la même tenue ou presque. Divina, évidemment, s'est changée. Mais pour l'instant elle porte un trench avec des lunettes de soleil noires. Entrée fracassante. Elle se débarrasse de son trench qu'elle lance sur Jean-Louis puis se dirige directement sur Émilie, comme si elle était chez elle.

DIVINA : Mon Dieu, ce que c'est laid, ici ! Bonjour, je suis Claire Bartoli.

Baptiste (Mathieu Delarive) et Émilie (Marie-Julie Baup)

On n'a pas eu l'occasion de se connaître avant, a priori, pour notre plus grand bien commun. *(Elle lui tend la main mais la retire avant qu'Émilie ne puisse la lui serrer.)* Mais dites-moi, j'espère que ce n'est pas contagieux ?

ÉMILIE : De quoi ?

DIVINA : Votre état.

ÉMILIE : *(vexée)* Mais enfin je vous en prie.

DIVINA : Ahahaha ! Je me fais rire toute seule. À défaut d'être charismatique vous devriez au moins vous interdire des couleurs pareilles, ma petite, ça vous rend bouffie, c'est dommage, vous pourriez être un peu plus présentable, mieux fagotée.

Émilie est hallucinée. Elle ne peut même pas répondre.

BAPTISTE : Eh ben ! bonjour, Claire. Je vois que tu n'as pas perdu ta langue de vipère.

DIVINA : Non ! Pour le plus grand plaisir de mes téléspectateurs, cette langue de vipère me chatouille toujours la bouche, et s'est même transformée avec les années en langue de python royal ! Bonjour, Baptiste. *(Elle lui tend la main pour qu'il la lui baise, il se contente de la serrer.)* Je t'ai connu plus aventureux.

ÉMILIE : La non-charismatique mal habillée vous fait dire qu'on n'est pas là pour être aventureux mais qu'on est là pour travailler ! Alors langue de vipère, de python, de boa ou de bœuf, c'est pareil, la sortie c'est par là.

DIVINA : *(s'adressant à Baptiste sans même regarder Émilie)* C'est fou comme, avec les années et l'expérience, on s'habitue à la médiocrité et que ce genre de personne ne vous fait plus rien du tout.

BAPTISTE : *(assez désabusé)* Claire, franchement, si tu es venue pour te montrer et pour être désagréable, tu peux vite repartir. Tu n'es vraiment pas la bienvenue dans ces conditions. Qu'est-ce que tu viens faire ici ?

DIVINA : *(s'adressant à Jean-Louis)* C'est une hallucination ou bien est-on vraiment en train de me demander de me justifier publiquement, là ?

JEAN-LOUIS : Non non non, figurez-vous, Baptiste, que Claire nous parle souvent de vous et regarde votre émission de cuisine tous les jours.

DIVINA : Bon, on se calme, tout le monde. Jean-Louis, je n'ai pas besoin de vous pour me défendre, tout va bien, répondez d'abord aux cinquante-deux messages que votre maman vous a envoyés sur la route, ce sera beaucoup plus utile.

JEAN-LOUIS : Oui maman ! Euh… oui maîtresse ! Non ! Oui Divina !

DIVINA : *(soupirant puis à Baptiste)* Quant à toi, mon grand, je vais être très directe. Non, je n'ai jamais regardé une seule de tes émissions, le simple fait d'imaginer un de mes ex, et non des moindres, en train de farcir une dinde à la télévision me fait tourner la tête. *(À Émilie.)* Non, machine, ce n'est pas de vous dont je parle. Si je suis ici, c'est uniquement parce que la façon délicate avec laquelle mon ancien patron m'a virée et demandé de quitter ses programmes m'a suffisamment foudroyée pour que tout le monde me tourne le dos. Ne prenez surtout pas un air surpris. Je sais que vous êtes parfaitement au courant de mon licenciement. Ce n'est ni la première fois ni la dernière qu'une reine tombe de son trône.

BAPTISTE : Et donc, qu'est-ce qu'elle va faire la reine mère, pour remonter sur son trône en carton ?

DIVINA : La reine tout court a décidé de ne pas mourir médiatiquement pour le moment, et par la même occasion, de venir aider un débutant à lancer son émission de cuisine… bien que je ne sois pas certaine qu'on puisse encore appeler ça une émission… Sûrement devrions-nous trouver un autre nom à votre performance ? Du cirque ?

BAPTISTE : Tu ne peux pas t'empêcher d'être odieuse, hein ?

ÉMILIE : *(imitant la pose de Divina)* Moi, je dis qu'on n'a pas besoin de vous, qu'on s'en sort très bien comme ça, et que l'Audimat va remonter grâce à mes nouvelles recettes héritées de ma grand-mère.

DIVINA : Soyons bien clairs ma grande. Si tu crois que ça m'éclate de venir m'enterrer vivante sur votre plateau minable, tu te trompes. Y a rien qui me corresponde ici. Si je le fais, c'est uniquement pour mon intérêt avant tout, en étant parfaitement consciente qu'il peut rejoindre celui de Baptiste. On appelle ça un deal. Alors tu la mets en veilleuse, s'il te plaît.

BAPTISTE : *(essayant d'adoucir la situation)* Émilie, je ne veux pas être négatif mais non seulement ça n'augmente pas, mais en plus ça baisse !

ÉMILIE : *(fondant en larmes)* Ah c'est sûr hein ! Ah si on regarde les choses comme ça ! Évidemment, hein ! Là, moi je peux plus lutter, hein ! Je suis là, je me casse la tête dans tous les sens pour trouver des solutions ! Je me donne à trois cents pour cent ! Je fais, je défais, je refais. Je mets en place des nouveautés, je suis hyper attentive à tout ce qu'il se passe ici, et qu'est-ce que j'ai en retour ? Rien.

DIVINA : Quelqu'un peut donner un mouchoir à cette pauvre femme ? Elle me donne la nausée avec ses gémissements. *(À Émilie.)* Vous feriez mieux d'aller trouver votre grand-mère pour qu'elle vous apprenne à cuisiner au lieu de pleurer comme une gamine.

ÉMILIE : *(toujours en larmes)* Elle est morte, ma grand-mère !

JEAN-LOUIS : Oh ! la choupinette ! Elle est trop triste, moi ça me fend le cœur…

La consolant en la prenant dans ses bras, il est ridicule.

DIVINA : Bon maintenant que les bonnes sont quasiment prêtes à forniquer après ce merveilleux moment d'émotion, tu me dis ce que tu penses de ma proposition ou tu préfères que j'aille faire le jury chez *Top Chef* ?

BAPTISTE : Je sais pas, Claire. Tout ça est si soudain.

DIVINA : *(l'imitant avec une voix niaise)* « Je sais pas, Claire, tout ça est si soudain. »

Mon Dieu. On se croirait dans une mauvaise série américaine. C'est le moment d'être un peu couillu, mon grand, et de dire ce que tu veux !

BAPTISTE : En même temps, je ne suis pas certain que le recyclage d'une reine usagée de la télé soit la meilleure des idées…

DIVINA : *(profonde respiration)* Bon. Jean-Louis, mon manteau. On s'en va.

Elle remet ses lunettes noires et se dirige très vite vers la sortie.

ÉMILIE : Bon vent !

BAPTISTE : Non, non, attends ! *(La rattrapant.)* Ça va, je plaisante. Tu démarres toujours au quart de tour !

DIVINA : Je suis touchée par la chaleur de tes compliments… Tu as trois secondes pour me dire quand est le prochain tournage ou bien je me tire.

BAPTISTE : Demain matin. On les enchaîne pour que ça nous coûte moins cher en techniciens de plateau et puis comme ça on tourne en boucle sur la chaîne !

DIVINA : Ah oui ? Quelle horreur. J'ai toujours détesté les économies…

BAPTISTE : Oui, et visiblement, ça t'a bien réussi, à en juger par ta situation actuelle. Je vais parler de tout ça à la prod, on verra bien ce qu'ils disent.

ÉMILIE : Bah voyons ! Allez ! Allons-y gaiement !

DIVINA : Tes producteurs sont des pompes à fric et la perspective de voir débarquer une animatrice vedette d'une chaîne nationale chez eux, aussi licenciée soit-elle, devrait les exciter comme jamais. Je propose de leur faire la surprise. De toute façon cela ne peut pas être pire !

BAPTISTE : Ce n'est peut-être pas faux…

DIVINA : Voilà, merci. On est censé leur faire découvrir quoi, à tes trois téléspectateurs dans la prochaine émission ?

BAPTISTE : Émilie ?

ÉMILIE : *(à Jean-Louis)* Vous avez entendu quelque chose ?

JEAN-LOUIS : Non, rien du tout…

ÉMILIE : Ah oui ? J'ai cru que quelqu'un voulait me parler…

BAPTISTE : Émilie, arrête un peu ! Allez, réponds-moi !

ÉMILIE : Ah ! ça y est ! J'existe de nouveau ? On s'intéresse à moi ? On a besoin de moi, alors on me parle ? La prochaine, c'est les pâtes fraîches aux brocolis.

DIVINA : C'est excitant, dis donc ! *(À Émilie.)* Je déteste les brocolis, je ferai semblant, mais ne me demandez pas d'y toucher, je serais capable de m'évanouir tellement ça me dégoûte !

BAPTISTE : Tout dans la mesure, hein.

DIVINA : Parfaitement ! Je vais réfléchir à tout ça jusqu'à demain les jeunes. Ne vous inquiétez plus de rien, Divina est là ! Jean-Louis ?… Jean-Louis ! Mais où il est, celui-là, encore ?

JEAN-LOUIS : *(sortant de derrière le plan de travail)* Bouh ! *(Il est hilare, et c'est bien sûr le seul…)* Bah ! je vous ai pas fait peur ?

Divina ferme les yeux, exaspérée.

DIVINA : Pardon, je vous assure, je n'y suis pour rien, on m'a fait du chantage pour que je l'engage.

Divina quitte le plateau.

JEAN-LOUIS : Ah bon, moi j'ai toujours trouvé ça drôle de se cacher comme ça et de faire peur… Non ? Bon.

Baptiste et Émilie sont médusés par la bêtise de Jean-Louis. Jean-Louis quitte le plateau. Baptiste reste immobile, avec un sourire aux lèvres…

ÉMILIE : Non mais je rêve ! Tu me dis si je dérange, hein ? Tu veux peut-être que je te laisse là à rêvasser tout seul ? Ou même que je refile carrément ma place à ta connasse ?

Baptiste ne répond rien, il reste songeur.

ÉMILIE : Oh ! tu te réveilles ?

BAPTISTE : Ah ! pardon Émilie ! J'ai eu une seconde d'absence, là !

ÉMILIE : T'as des drôles de secondes, toi, dis donc ! Ça fait quarante-cinq minutes que je suis plantée là à attendre que quelqu'un daigne me parler !

BAPTISTE : Pardon pardon. Allez, on a du boulot, faut ranger !

ÉMILIE : Ah bah oui ! Évidemment ! Pendant que madame va se manucurer les ongles de pieds, bibi fait le ménage ! Ça, c'est fort de café, alors.

BAPTISTE : *(prenant Émilie par les épaules)* Émilie. Je sais que Claire n'est pas toujours très adroite, mais crois-moi, c'est une chance, pour notre émission, qu'elle ait besoin de nous pour exister !

ÉMILIE : Oui bah, peut-être ! Mais moi, je suis pas tranquille. Rien qu'à voir comme elle te déstabilise, elle va faire ce qu'elle veut de toi !

BAPTISTE : Ne dis pas des choses pareilles, Émilie, tu n'en sais rien.

ÉMILIE : Non, j'en sais rien, mais ça me fait peur quand même, j'y peux rien ! Et puis…

BAPTISTE : Et puis ?

ÉMILIE : Et puis je… je… je…

BAPTISTE : Tu… tu… tu…

ÉMILIE : Non, rien, mais je tiens beaucoup à toi tu sais, je ne veux pas qu'elle te fasse du mal.

BAPTISTE : *(en la prenant dans ses bras, geste anodin pour lui, révolutionnaire pour elle)* Oh ! mais qu'elle est mignonne cette petite ! Ne t'inquiète pas, tout va bien se passer ! Et puis l'émission ça reste *Divinement bon pour vous servir* avec Émilie et Baptiste ! Et ça, ça ne changera pas. *(Émilie est collée à Baptiste, trois petits frissons micro orgasmiques d'Émilie.)* Allez, faut ranger maintenant.

La lumière baisse. Noir.

3

Sur le plateau de télévision de l'émission de Baptiste. Lendemain matin. Jean-Louis est déjà sur le plateau, il s'amuse, seul, sur le plateau télé. Baptiste et Émilie arrivent. Ils ont un manteau mais sont habillés comme la veille, c'est leur tenue pour présenter l'émission. Ils n'en changent jamais.

Jean-Louis : Ah ! bonjour les amis ! Je vous attendais.

Baptiste : Bonjour. Faites comme chez vous, surtout.

Jean-Louis : Ah oui ! Merci.

Émilie : C'est quoi ce truc ?

Jean-Louis : Ça c'est un Sept d'or ! C'est un trophée qu'on remettait à l'époque aux meilleurs présentateurs.

Baptiste : Oui, d'accord, ça on sait, mais qu'est-ce que ça fait là ?

Jean-Louis : Ah bah c'est pour Divina ! Elle en a besoin pour se sentir en confiance partout où elle va. C'est indispensable. Pour son équilibre.

Émilie : *(démarrant au quart de tour)* Et voilà. Ça commence. Qu'est-ce que j'avais dit ? J'en étais sûre. Cette bonne femme, c'est le genre : « Tu lui donnes ça, elle te prend ça ». Ça se voit tout de suite. C'est écrit dessus, même. Alors aujourd'hui, c'est le Sept d'or, demain, ce sera quoi ? Une table basse ? Et après-demain le lit ? *(À Jean-Louis qui aimerait tant la faire taire.)* Ce n'est pas chez elle, ici, d'accord ? Alors vous lui direz de ma part que…

Divina était dans la loge mobile qui se tourne face public. Elle a une tenue bien plus impressionnante que la veille. Baptiste en perd la parole quelques secondes et garde la bouche grande ouverte.

Divina : Oui ? Il me dira de votre part que ?

Émilie : Ah ! vous étiez là ?

Divina : Oui, j'étais là effectivement et je suis encore une fois touchée par la douceur de votre attitude à mon égard. C'est amusant comme, venant de vous, la haine est douce à subir.

Émilie : Tant mieux alors, j'en ai à revendre !

Divina : Bon bon très bien. Bonjour tout le monde ! Je suis ravie d'être là. Baptiste, si tu pouvais dire à ton chien de garde de remettre sa muselière…

Baptiste : *(gêné par cette situation)* Bonjour Claire. Pardonne-la, elle est un peu fatiguée en ce moment…

Divina : Ne te donne pas tant de mal, cela m'est tout à fait égal. J'ai bien dormi, je suis d'attaque avec quelques idées pour dynamiser un peu votre émission de patronage. En revanche, va falloir revoir un peu tout ça, parce que ce n'est vraiment pas très tendance. Je veux bien me ridiculiser pour le bien d'autrui, mais enfin il y a des limites, quand même !

Émilie : *(agressive)* Qu'est-ce que vous entendez par « revoir un peu tout ça » ? Moi, je pense qu'il n'y a rien à revoir.

Divina : Ah ! parce que vous pensez, vous, maintenant ?

Baptiste : Claire ? Du calme !

Divina : Ah oui ! C'est vrai. Bon, eh bien, chère… euh… chère machine, ce que je pense, c'est qu'on va commencer par vous retirer cette merveilleuse paire de rideaux d'époque qui vous sert de robe depuis deux jours, et aller la remettre bien gentiment dans le placard de votre grand-mère. Aussi décédée soit-elle, ce n'est pas très sympa de lui voler ses tenues !

Émilie : *(avec la voix qui tremble)* Ce n'est vraiment pas gentil de vous moquer de ma robe, c'est mon papi qui me l'a offerte !

Divina : Han ! le vilain papi qui se sert des blouses de mamie pour faire des cadeaux à Noël !

Baptiste : Claire ? Arrête.

Émilie : Oui oh bah ! il est bien temps de prendre ma défense, toi !

Divina : Je ne dis plus rien.

Baptiste : *(échangeant un regard complice avec Divina qui agace terriblement Émilie)* Moi non plus.

Divina tape trois fois dans ses mains, Jean-Louis arrive en courant avec un porte-cigarettes et un briquet. Elle passe devant Baptiste et lui tend son briquet.

Divina : Tu m'allumes, bébé ? *(Baptiste s'exécute, Divina avance, se poste devant le visage d'Émilie et lui souffle sa fumée en pleine figure. Émilie tousse et s'énerve. Claire regagne ensuite son fauteuil.)* Eros ? Jean-Louis ? C'est parti les enfants !

Elle tape deux fois dans ses mains. À cet instant, Eros, telle une tornade, apparaît sur le plateau. Il a les bras chargés de sacs de vêtements. Émilie part dans la cuisine se servir un verre d'alcool.

Eros : Buongioooornooo tutti ragazzi ! Comé vai ?? Ah ! lala ! dj'ai cru qué ça né sé finirait jamais, cette histoire ! Jé souis venu ici en RÉR ! Jé cherchais partout lé wagon-bar, impossible dé lé trouver ! Ensouite, j'ai jamais réussi à comprendre quel nouméro dé place j'avais ! Et pour finir, jé mé souis rétrouvé au milieu d'une équipe dé footballeurs de Saint-Dénis ! Ils n'ont pas arrêté dé mé taquiner… *(Minaudant.)* Bon, ça, j'avoue qué ça m'a pas trop déplou. *(Rire bête.)* Alors ? Djé commence par qui Divina ?

Divina montre Baptiste du doigt. Pendant toute cette scène, Claire fume sa cigarette tranquillement et reste les jambes croisées dans son fauteuil. Tout le monde s'affaire autour d'elle, tout est organisé. Elle feuillette la presse people et regarde les articles sur elle.

Eros : Alors d'accord, enchanté Baptiste.

Il va pour lui faire la bise, en séduction, mais Baptiste se recule et lui tend la main.

Baptiste : Enchanté.

EROS : Tiens mademoiselle, tou veux pas m'aider s'il te plaît ?
ÉMILIE : Pas tellement mais j'imagine que j'ai pas le choix ?
DIVINA : Ce qu'elle comprend vite !

Eros tend les bras d'Émilie et s'en sert pour poser certains vêtements avant de les donner à Baptiste.

EROS : Bon, qu'est-cé qué c'est qué cette ténue, Baptiste ? Tou rigoles où quoi ? C'est pas possible, ça, hé !? Tou pé pas t'habiller comme oun élève dé primaire dé province, hé ! Tout est à refaire, hé ! Tou comprends ? Tou comprends pas ? Tou comprends ? Tou comprends pas ? Bon, on s'en fiche. Déshabille-toi. Régarde-moi ça, cé pantalonne, on dirait qué tou as laissé tes fesses à la maison. J'en ai marre dé ces garçons qui font n'importe quoi, maintenant. Y a des règles à respecter, mon coco, pour s'habiller. T'es pas moche, en plus. Alors ! Il faut respecter les lignes dé ton corps. *(Avec ce fameux air inspiré dont il a le secret.)* Donatella Versace dit toujours « Rispetta il tuo corpo, e il tuo corpo ti rispetterà ». *(Baptiste est comme pétrifié par Eros. Il se laisse faire comme un enfant et se retrouve rapidement en slip.)* Oh ! lala ! Marie dé l'Enfant Jésous, priez pour nous, pauvres relookeurs. Ma parole, j'ai jamais vou oun slip aussi moche !

Il a un fou rire. Émilie qui n'a bien sûr jamais vu Baptiste dans cette tenue est au bord de l'évanouissement.

DIVINA : Moi, les sous-vêtements, je n'ai jamais le temps de les voir, de toute façon, je les arrache directement avec le pantalon. Du calme, Eros, vous allez nous le traumatiser.
EROS : Bon, allez mon garçon, va dans la pièce à côté et mets les tenues que jé té prépare, hein. Dépêche-toi. C'est pas possible, ces hommes à qui il faut tout apprendre. À croire qu'ils n'ont jamais eu l'éducation vestimentaire. Moi, jé né comprends pas. Quand j'aurai des enfants, la prémière chose qué jé leur apprendrai, c'est lé mariage des couleurs ! *(Soudain, sérieux, comme s'il s'adressait à son enfant.)* Non Giuseppe ! On ne met pas la grénouillère panthère avec lé chaussons léopard.
DIVINA : Ça promet…
ÉMILIE : Va falloir que je fasse le portemanteau encore longtemps ?
EROS : Chut ! Oui, ma chérie, mais t'es trop belle comme ça, tou sais ? Ça té va trop bien, cette position. Vraiment, j'adore. *(Baptiste ressort très rapidement avec une tenue résolument « à la mode » mais vraiment pas belle du tout… Émilie se met à rire immédiatement.)* Ah ! mais qué bello ragazzo, hé ! *(Hurlant.)* Comme il est beau, commé ça ! On dirait la gravure dé mode. C'est trop beau. Divina ?
DIVINA : C'est une blague ? Eros, ce n'est pas parce que vous avez fait votre stage de fin d'études à Las Vegas que vous devez déguiser tous les hommes

que vous relookez. Enlevez-lui ça tout de suite et… *(Elle lui fait signe de venir et lui chuchote un mot à l'oreille.)* Presto !

EROS : Ah oui ? Vous êtes soûre dé vous ?

DIVINA : Exécution.

EROS : OK, c'est parti. *(Il prend d'autres vêtements dans son sac.)* Voilà, mon pétit, enfilez ça !

BAPTISTE : C'est tout ?

DIVINA : On ne t'a pas demandé de poser des questions, Baptiste. Si tu savais te mettre en valeur, on ne serait pas ici aujourd'hui avec une Italienne hystérique à…

EROS : Ah oui ! Ça, c'est moi, ça.

Il rit bêtement.

DIVINA : … à essayer de te refaire le portrait !

Baptiste sort.

EROS : Oui, moi, jé crois qué ça va être un peu léger, tout de même…

ÉMILIE : On n'a qu'à faire une émission nudiste, pendant qu'on y est !

DIVINA : Avec vous ? Ne me parlez pas de malheur.

ÉMILIE : Bon, allez, ça suffit !

Émilie relâche les bras et repart ranger la cuisine.

JEAN-LOUIS : *(depuis, il est revenu avec une valise dont il sort des objets divers et les installe sur le plateau pour décorer. Il dispose des bouquets de plumes roses, un grand portrait de Divina)* Divina ?

DIVINA : Quoi.

JEAN-LOUIS : J'ai presque fini.

DIVINA : Je suis ravie.

JEAN-LOUIS : *(tellement heureux)* Vraiment ?

DIVINA : Bon quoi ? Vous voulez une image ? Un bon point ? Un autographe ?

JEAN-LOUIS : Pardon pardon.

Baptiste à cet instant ressort de derrière le paravent, en jean moulant et en marinière.

EROS : Han ! Mais la classe internationale ! Vous êtes trop forte, Divina.

BAPTISTE : Oui, enfin, ça fait peut-être un peu léger, effectivement, pour une émission de cuisine regardée par des vieilles dames, non ?

DIVINA : Tu rigoles ? T'es canon, bonhomme ! Je regrette presque de t'avoir abandonné il y a quelques années ! Toutes les petites vieilles qui te regardent vont m'écrire pour me remercier de leur avoir fait retrouver quelques petits frissons avant le grand frisson final !

Divina a pris Baptiste dans ses bras.

ÉMILIE : Ah bah ! Allez-y, vous gênez pas ! À l'aise !

Baptiste et Divina ne font pas attention à elle… Ils ne l'entendent pas, ne la voient pas…

ÉMILIE : *(criant)* Ooohhhh !

DIVINA : Oui oui, oh ! ça va, maintenant. Vous n'en avez pas marre, d'être dans nos pattes ? C'est bon, vous pouvez rentrer chez vous.

ÉMILIE : Quoi ? Mais Baptiste, dis quelque chose, je t'en prie !

BAPTISTE : Euh oui, non, oui, euh non, mais Claire ! Je te rappelle qu'Émilie coanime l'émission avec moi.

DIVINA : Ah oui ? Elle est tellement discrète, je l'avais déjà oubliée…

VOIX OFF : Début du tournage dans deux minutes.

Eros débarrasse tous ses paquets à toute vitesse.

DIVINA : *(en parlant d'Émilie)* Oh bah mince ! On n'a pas le temps de relooker le commis de cuisine. Comme c'est regrettable. Ce sera pour la prochaine fois, ne vous inquiétez pas, on ne va pas vous laisser dans cet état.

VOIX OFF : Antenne dans une minute trente !

ÉMILIE : Ah ! parce que tu es relooké, Baptiste ? Tu vas rester à poil, là ?

BAPTISTE : Je ne te plais pas, comme ça ?

VOIX OFF : Antenne dans quarante-cinq secondes.

ÉMILIE : Non ! On dirait un gigolo. Comme c'est surprenant.

VOIX OFF : Trente secondes.

DIVINA : *(pendant ce dernier échange verbal, elle se faisait remaquiller par Eros)* Oh ! mais regardez un peu, la hyène sort ses griffes. On ne croirait pas, comme ça. Gentille fille. Gentille ! Gentille ! Couchée la mémère.

VOIX OFF : Quinze secondes.

ÉMILIE : Ah oui ? Vous allez voir mes griffes !

VOIX OFF : Dix secondes.

DIVINA : RRRRRRRhhhhh oh oui machine ! Vas-y ! Laisse-toi aller !

VOIX OFF : Cinq.

ÉMILIE : Pé-pé-pétasse !

VOIX OFF : Trois.

DIVINA : Et en plus elle bégaye !

VOIX OFF : Une.

DIVINA : *(alors qu'Émilie voudrait bien répondre)* Tais-toi, Bécassine !

Émilie est effondrée. Générique de l'émission à l'écran. Émilie pousse Divina et vient se placer à côté de Baptiste, visiblement mal à l'aise dans sa nouvelle tenue. Jean-Louis et Eros se sont installés en spectateurs du tournage.

BAPTISTE ET ÉMILIE : Bienvenue à *Divinement bon pour vous servir*, avec Émilie et Baptiste !

BAPTISTE : Aujourd'hui, nous avons l'immense honneur de recevoir une grande dame de la télévision, vous la connaissez tous, la talentueuse, la magnifique, la puissante Claire Bartoli, alias Divina, pour nous donner quelques conseils culinaires. Bonjour, Divina.

Divina minaude… puis se rapproche du couple. En passant devant l'écran, elle tape des mains, le logo de l'émission change alors et on voit apparaître une photo de Baptiste et Divina et La Cuisine de Divina et Baptiste. *Arrivée au niveau du couple, elle pousse fermement Émilie qui n'essaye même pas de lutter, et s'installe à côté de Baptiste qu'elle ne peut pas s'empêcher de toucher…*

DIVINA : *(en séduction)* Bonjour à toutes et à tous ! Je suis tellement heureuse de vous retrouver aujourd'hui dans cette merveilleuse émission culinaire où vous aurez le bonheur de m'admirer désormais quotidiennement. Je vous apprendrai tous mes petits secrets de cuisine, mes lapins.

ÉMILIE : Et Dieu sait qu'ils sont nombreux.

DIVINA : *(toujours large sourire)* Plus que vous ne l'imaginez, ma chère.

ÉMILIE : Ah oui ? On ne dirait pas, comme ça. Mais on va voir ça tout de suite, chère Claire !

DIVINA : Avec grand plaisir, ma belle.

BAPTISTE : *(tentant de les calmer)* Alors aujourd'hui, Divina, et pour commencer cette première émission, qu'allez-vous nous préparer ?

DIVINA : Alors aujourd'hui, nous allons vous apprendre à préparer… euh… à préparer *(Elle s'emmêle dans ses fiches.)*… Euh…

ÉMILIE : *(sautant sur l'occasion)* Les pâtes fraîches aux brocolis ! Une recette typiquement italienne de pâtes absolument délicieuse.

DIVINA : Ah ! elle m'a fait peur. *(S'adressant à Émilie en souriant.)* Tiens ! Je vous avais encore oubliée, vous ! *(Baptiste et Émilie sourient jaune.)* Eh bien alors, allez-y, ma chère Émilie, montrez à ces messieurs dames comment réussir de bonnes pâtes fraîches aux brocolis !

ÉMILIE : Vous êtes certaine de ne pas vouloir commencer, Claire ? Je ne voudrais surtout pas vous empêcher de montrer l'étendue de votre talent à nos amis.

DIVINA : Non, je vous assure, Émilie, allez-y, je finirai.

ÉMILIE : Bon, très bien. Alors tout d'abord, ce qui est très important, c'est le choix des pâtes. N'est-ce pas, Divina ?

DIVINA : Évidemment. Alors n'allez pas au supermarché acheter des pâtes industrielles, non non non. Allez chez le traiteur, vous avez même une chance de les trouver toutes prêtes avec la sauce déjà faite.

ÉMILIE : *(pincée)* Oui, sauf que le principe de l'émission c'est d'expliquer aux gens comment les faire.

DIVINA : Évidemment, oui.

ÉMILIE : L'idéal pour ce plat est de prendre des *linguine*, longues et plates.

DIVINA : *(rire, puis en parlant d'Émilie et en la regardant)* Ça me rappelle quelqu'un…

ÉMILIE : *(qui conserve son calme et son sourire héroïquement)* Très amusant, Divina. Vraiment très amusant. Ouh ! lala ! ce qu'on peut se fendre la poire, avec vous.

DIVINA : Merci. Je suis ravie que nos humours s'accordent, ma belle.

BAPTISTE : Dans un premier temps, faites donc cuire les pâtes pendant huit minutes pour les obtenir al dente.

DIVINA : Oui, voilà, pour qu'elles croquent sous la dent. *(Elle caresse Baptiste en lui parlant, ce qui met Baptiste et Émilie très mal à l'aise.)* Croc croc croc !

Elle fait comme si elle le croquait lui-même.

BAPTISTE : Oui, voilà, aha !

ÉMILIE : *(tentant toujours de faire revenir l'action sur elle)* Oui, alors donc, ensuite, Divina, coupez les brocolis en dés et réservez-les quelques minutes.

Elle commence à taper de plus en plus fort sur ces pauvres brocolis.

DIVINA : *(regardant Émilie, perdue)* Réserver les brocolis ? Je n'ai jamais réservé des brocolis, moi, pardon… un resto, un rendez-vous chez la manucure, un homme, mais des brocolis… non, jamais… *(Émilie continue à taper sur les brocolis pour passer ses nerfs.)* Et puis, arrêtez de maltraiter ces pauvres brocolis, ils ne vous ont rien fait, eux, ce n'est pas sympa de taper sur ses congénères.

ÉMILIE : Ahaha ! réserver un aliment c'est le mettre de côté, c'est le b.a.-ba, Divina… *(Menaçante.)* Et je tape sur qui je veux.

DIVINA : Fascinant.

Émilie va continuer à énoncer la recette jusqu'au bout. Pendant ce temps, Divina est complètement sur Baptiste, elle lui parle en aparté, puis utilise un cul de casserole pour se remaquiller.

ÉMILIE : *(crescendo jusqu'à l'hystérie)* Une fois que vous avez bien coupé vos brocolis en petits morceaux *(Continuant à leur taper dessus.)* … petits… morceaux… *(Serrant les dents.)* très petits, tout petits morceaux… oh ! les petits morceaux ! Qu'ils sont mignons, les petits morceaux de brocolis ! Hein, Divina ! Qu'ils sont mignons ! *(S'approchant d'elle avec le couteau, menaçante.)* Petits petits petits… Mignons mignons mignons… Toi aussi, Baptiste, regarde un peu si c'est pas joli, un petit carré de brocoli ! T'en as jamais vu de si près, je suis sûre ! Bah tiens ! *(Elle lui jette un morceau dessus.)* T'as qu'à le garder en souvenir ! Ensuite, vous versez un jus de citron dessus pour qu'ils conservent leur couleur *(Ne regardant pas ce qu'elle fait, s'énervant de plus en plus.)*, plongez-les dans l'eau bouillante, attention de ne pas éclabousser, *(Regardant Divina.)* ça peut faire très mal, de l'eau bouillante, *(En regardant les seins de Divina.)* surtout sur du plastique ! Pour que les pâtes prennent le goût des brocolis, le tout doit cuire ensemble. *(Elle remue.)* Une fois que les pâtes sont cuites, *(Elle regarde en permanence les deux autres et n'est plus du tout concentrée sur la cuisine, elle fait n'importe quoi.)* égouttez-les… hein, voilà… oui… égouttez-les bien… versez de l'huile de brocolis, non de tournesol, non de vengeance… d'olive ou de ce que vous voulez d'ailleurs, jetez du fromage râpé dessus, peu importe lequel, je m'en branle, de toute façon ! J'ai jamais aimé les brocolis ! D'ailleurs, je sais même pas pourquoi je vous apprends ça ! Tout le monde s'en fout ! Elle a raison, allez chez le traiteur, et faites-vous pas chier. Et puis arrêtez de m'emmerder à me demander des conseils et laissez-moi tranquille ! Parce que si vous êtes comme elle, qu'à son âge vous savez pas cuisiner des pâtes, eh bien, c'est très grave et c'est pas à moi d'assumer les carences de votre éducation de merde !

Elle termine sa recette en nage et, en rage, elle quitte le plateau, la tête haute.

BAPTISTE : *(tentant de rattraper le coup)* Merci à Émilie pour son enthousiasme et sa ferveur ! Il ne nous reste plus qu'à dresser de jolies assiettes. *(Il le fait vaguement en parlant.)* Et voilà! Nous sommes prêts pour un délicieux repas.

DIVINA : Faut quand même vraiment être affamé.

BAPTISTE : Oh ! mais non Divina ! Pas d'inquiétude, cela se mange sans faim. Allez ! Nous nous retrouverons demain pour une nouvelle recette dont nous avons le secret… Avec toujours la sublime Divina. Salut, les amis !

DIVINA : *(très en séduction toujours)* Bonne journée à tous. On vous embrasse.

VOIX OFF : Terminé ! Antenne rendue ! À plus tard les amis !

JEAN-LOUIS : Bravo ! Bravo ! Bravo ! C'était trop bien.

Eros et lui applaudissent bêtement.

DIVINA : *(saluant)* Merci, merci. Je vous en prie, c'est si simple. Mais enfin, elle m'a fait un peu peur, la petite… Faut qu'elle se calme…

BAPTISTE : Claire, fais attention, tout de même. Notre public est coincé, je ne suis pas certain qu'il apprécie tout ça.

DIVINA : Ça y est, ça va être ma faute. Écoute bébé, premièrement, tu n'as pas de public, deuxièmement, les quatre derniers vieux qui te regardent vont sûrement connaître, grâce à moi, une dernière sensation de plaisir et appeler tous leurs copains pour se refiler l'adresse. Enfin, troisièmement, je suis épuisée, je rentre me reposer. Figure-toi que c'est vachement plus fatigant de bosser quand on n'est pas payé des millions. Débrief' dans mon bureau demain midi, rappelle bobonne pour qu'elle vienne nettoyer son bordel, elle en a foutu partout.

BAPTISTE : *(résigné)* À demain, Claire.

DIVINA : À demain bébé. Et n'oublie jamais, les gens regardent la télé pour oublier leur quotidien pathétique. Ils veulent du plus trash qu'eux, pour se dire qu'ils ont encore de la marge de manœuvre. Arrête de croire que tu es ami avec cette gourde, mais garde-la sous le coude, sa niaiserie te sera utile. On a toujours besoin de plus nul que soi pour briller à la télé, c'est comme ça.

Divina sort. Jean-Louis la suit.

EROS : Moi, je passe aux toilettes mé réfaire une beauté ! À démain, les amis.

Baptiste soupire et commence à ranger. Émilie revient.

ÉMILIE : Laisse Baptiste, bobonne va s'en charger.

BAPTISTE : Pourquoi tu réagis comme ça, Émilie ? Tu as failli nous faire rater complètement l'émission, avec ton hystérie. Pourquoi tu n'acceptes pas ce deal avec Claire qui devrait être gagnant-gagnant ? Tu préfères qu'on continue comme avant à faire des scores merdiques et qu'on finisse par se faire virer ?

ÉMILIE : *(frottant très énergiquement le plan de travail, sur la défensive)* Peut-être bien. Mais au moins on était plus tranquilles avant, quand on était que tous les deux. Et on n'avait pas Cruella d'enfer complètement survoltée à nos côtés. J'étais plus heureuse quand nous étions seuls.

BAPTISTE : Tu penses vraiment qu'à toi, Émilie, c'est pas bien. Si on arrête cette émission, on se retrouve sans boulot ni toi ni moi je te le rappelle.

ÉMILIE : Je préfère encore vivre sous les ponts que de souffrir cette présence sur mon plateau.

BAPTISTE : Je crois qu'on n'est pas sur la même longueur d'onde là, Émilie.

ÉMILIE : Alors ? On fait quoi ?

BAPTISTE : Quoi, on fait quoi ?

ÉMILIE : Bah oui, tu préfères rester avec elle ou continuer avec moi ?

BAPTISTE : Quand tu sauras travailler un peu ton image, bosser en vraie pro, laisser tes sentiments de côté et accepter les mains tendues, je reviendrai peut-être vers toi. En attendant, tu m'excuseras, je suis crevé, je rentre me reposer. On se reverra la semaine prochaine si tu évolues un peu. Salut.

Baptiste sort. Émilie pleure. Encore. Eros revient.

EROS : Mais ne pleure pas, ma chérie ! Pourquoi tou pleures tout lé temps comme ça, toi ? Allez, remets-toi.

ÉMILIE : Je vous ai rien demandé, à vous !

EROS : Non, mais moi, jé mé démande si j'ai le droit de laisser oune djolie fille comme toi porter des robes de vieille institutrice ménopausée. J'ai peur qu'au tribunal on m'accuse dé non-assistance à personne en danger.

Émilie esquisse un petit sourire.

EROS : *(s'avançant comme à la barre du tribunal, avec un air encore très inspiré)* Non monsieur le juge, messieurs les jurés, les avocats et tout le monde, jé vous assure, j'ai tout fait pour la faire changer, tout !... Et la faire ressembler à autre chose qu'à... qu'à... rien dou tout. *(Les deux rient ensemble.)* Émilie, écoute-moi bien, si tou veux réussir à réprendre ta place et à faire en sorte qué Baptiste té régarde un peu, va falloir mettre la gomme. C'est le moment ou jamais de te révéler, ma chérie. Est-ce que tu me fais confiance ?

ÉMILIE : *(dubitative)* Euh...

EROS : Quoi ? *(Choqué.)* Toi, tu me fais pas confiance ? Moi, jé viens ici pour té changer la vie, jé lé dis même pas à ma patronne, qué si elle lé savait elle mé touerait ! Jé pourrais être tranquillement installé dévant ouna pizza quattro formaggi avec un bon verre de chianti ! Et toi, tou mé fais pas confiance ? Padre Pio, priez pour moi, jé vous en soupplie. Mais ma chérie, quand on porte des robes comme les tiennes, on est obligé dé faire confiance à Eros.

ÉMILIE : Et alors, ça va changer quoi, de me relooker ? Si c'est pour me faire ressembler à Divina, ça ne m'intéresse pas.

EROS : Jé vais té faire ressembler à personne. Jé vais té métamorphoser pour que tu ressembles juste à quelqué chose. Et crois-moi, y a du boulot. On va commencer par planquer ce front qui n'en finit pas qu'on dirait ouna piste d'atterrissage dé Roissy-Charles-dé-Gaulle.

ÉMILIE : *(petit rire)* Bon bon, OK. De toute façon, j'ai rien à perdre.

EROS : Youhouuuuuu !!!!!

Il saute de joie. Eros va jusqu'à son sac, il en sort tout doucement avec un grand sourire un haut léopard ignoble. Émilie met ses mains sur son visage. Noir.

4

Dans le bureau de Divina. Midi. Le lendemain. Jean-Louis est seul. En même temps qu'il vérifie que tout est en ordre, il parle au téléphone…

JEAN-LOUIS : Allô maman ? C'est Jean-Louis. Oui… ça va bien ?… oui, moi aussi, oui… Maman, faut qu'on parle. J'ai rencontré quelqu'un… oui… Bah oui, une femme… Comment ça, pour quoi faire ?… Bah, je sais pas moi, à ton avis, on fait quoi, avec une femme ?… Oui, bon, je vais pas entrer dans les détails de ce que je veux faire avec elle, mais je crois que c'est la femme de ma vie… Je sais pas encore si je suis l'homme de la sienne, mais je le sens plutôt pas mal… oui, il s'est passé quelque chose déjà, là, c'est sûr… Elle m'a regardé… c'est déjà pas mal non ?… Je suis sur un bon plan maman… Elle est belle, elle est grande, et… elle est mince… oui, pour une fois… Elle s'appelle Émilie… Oui, comme tatie Mimi, oui… hein ?… Mais maman, enfin, c'est pas parce que tatie est vilaine avec toi que toutes les Émilie sont des ordures !… Mais non, maman, ça n'a rien à voir… Quoi ? Mais non, je ne me suis pas déjà marié… Je te l'aurais dit, tout de même… Je viens tout juste de la rencontrer sur un plateau… Mais enfin, je l'ai rencontrée hier… Oui, bon, je veux bien que les choses aillent vite, à notre époque, mais faut pas exagérer… Oui maman, je vais continuer à venir te voir… Non, nous n'avons pas fixé la date du mariage, ni le prénom du premier bébé, d'ailleurs… Oui maman… Oui maman…

Oui Maman… Bon, faut que je te laisse là maman j'ai vraiment du travail… Oui maman… Non maman, je ne me rends pas compte de ce que TU ressens quand TU réalises que TU n'es toujours pas grand-mère… Oui, je sais les sacrifices que tu as faits pour moi… je sais… oui, c'était pas facile tous les jours, oui… Oui, je sais que tu détestes la nouvelle femme de papa, mais là encore, je n'y peux rien… Maman, attends, s'il te plaît… non… je ne suis pas ton psy, maman… non, ni ton mari, d'ailleurs… Bon, allez, je te laisse, là. Embrassons-nous, et à plus tard, oui, j'ai vraiment du travail. Oui… voilà… au revoir… bisous… non, bisous, maman… Vas-y, raccroche… Voilà, oui… bisous… Je t'aime, oui. *(Pendant qu'il parlait, Divina a fait son entrée. Nouvelle tenue. Elle le regarde, médusée… Divina tousse. Jean-Louis sursaute.)* Aahh ! Maman ! Tu es là.

DIVINA : *(pendant qu'elle parle, elle se recoiffe, remet sa robe, bref, elle a toujours des choses très importantes à faire. Jean-Louis, lui, est intimidé, comme toujours)* Plus je vous côtoie, mon cher Jean-Louis, plus j'ai le sentiment que vous ne méritez pas d'être à mes côtés. Je ne suis pas votre mère. Je suis votre patronne.

JEAN-LOUIS : Ah oui oui ! Et d'ailleurs…

DIVINA : *(le coupant)* Si j'étais votre mère, je vous aurais caché dans un placard pour que personne ne puisse savoir à quel point mon fils est demeuré. Alors, gardez donc vos « maman » pour votre pauvre mère, et allez me faire un café.

JEAN-LOUIS : *(honteux et un peu triste)* Ah oui ! D'accord, je comprends. Merci maman… *(Il se reprend très vite en criant.)* madame ! Madame maman ! Non, aahh ! Madame Divina !

DIVINA : *(calmement mais fermement) Ristretto*, serré, un demi-sucre et deux gouttes de whisky pour donner du goût. Maintenant. *(Jean-Louis fait le café et le lui sert.)* Merci. Prenez un papier, un stylo, et notez. Je veux envoyer un mot aux producteurs de Baptiste.

JEAN-LOUIS : Oui, tout de suite, Divina. Tout de suite.

Il prend un bloc-notes, son stylo quatre-couleurs et note.

DIVINA : « Messieurs. Quel ravissement ce fut pour moi de venir animer avec Baptiste Tallieux votre émission culinaire. Émission que j'ai d'ailleurs toujours suivie avec une grande attention. » *(À Jean-Louis.)* Oui, Jean-Louis, ce n'est effectivement pas la vérité, mais qui pourra le prouver ? Personne.

JEAN-LOUIS : Certes ! Mais…

DIVINA : Donc ! « N'ayant plus spécialement d'attache sur les chaînes nationales… lasse de présenter toujours les mêmes émissions, je pense que je serai la parfaite valeur ajoutée qui manque cruellement à votre programme. Licenciez donc cette aimable Émilie et proposez à Baptiste de m'assister. Vous savez aussi bien que moi qu'il n'a pas l'étoffe d'un grand, il se contentera d'être dans mon ombre et c'est déjà beaucoup. Nous allons révolutionner votre émission. » Voilà. Vous mettez ça en forme Jean-Louis, vous rajoutez des chaleureuses, respectueuses, merveilleuses salutations et je la signerai tout à l'heure. Maintenant, sortez, j'attends Baptiste pour le débrief'. Je vous ai assez vu.

JEAN-LOUIS : C'est pas très sympa pour Baptiste, ça !

DIVINA : Je vous ai demandé l'heure ?

JEAN-LOUIS : Non, pourquoi ? Vous la voulez ? *(Divina ne répond pas, elle se contente de lever les yeux au ciel.)* Bien, vous n'avez plus besoin de moi aujourd'hui ? Je peux rentrer ? Je laisserai la lettre sur mon bureau.

DIVINA : Oui. Parfait. Partez. Loin.

JEAN-LOUIS : Entendu.

Il se dirige vers la sortie.

DIVINA : Et votre cartable, il va vous rejoindre lui-même ?

JEAN-LOUIS : Oh ! pardon ! *(Il reprend son cartable, essaye de le refermer, pose sa lettre sur le fauteuil pour y parvenir et repart.)* Au revoir, Divina.

DIVINA : Au revoir, Jean-Louis.

Jean-Louis quitte la pièce. Divina met une petite musique de détente genre jazz tranquille. Elle se place au centre de la pièce, retire ses chaussures et commence quelques étirements. Baptiste entre dans le bureau. Il pose doucement ses affaires sur un fauteuil et s'approche.

BAPTISTE : *(lui mettant les mains sur les yeux par-derrière)* Qui c'est ?

DIVINA : Ah ! *(Souriante.)* c'est le présentateur d'une émission de cuisine à succès ?

BAPTISTE : Non, c'est Baptiste.

DIVINA : Je vois que tu as toujours aussi peu de second degré.

BAPTISTE : Pardon, oui, j'oubliais que le tien était surdéveloppé. *(Ils esquissent quelques pas de danse sur la musique en souriant.)* Je n'en reviens pas de ce revirement de situation. Ça faisait des années que j'attendais d'avoir ne serait-ce qu'un texto… J'avais l'impression d'avoir été complètement oublié.

CLAIRE : Comment veux-tu que je t'oublie, Baptiste ?

BAPTISTE : *(démarche à la Aldo Maccione)* Oui, c'est vrai, tu as raison, elles disent toutes ça, d'ailleurs. *(Ils rient.)* Tiens ! Je t'ai apporté les résultats de l'émission. On a augmenté de quelques milliers de téléspectateurs à chaque fois que la caméra était sur toi. C'est fou, l'effet que tu as, si vite. Comme si les gens s'étaient appelés pour se passer le mot.

CLAIRE : Oui, c'est bien, m'enfin c'est plutôt des millions qu'il nous faut, Baptiste, si on ne veut pas finir cantinières au Flunch.

BAPTISTE : Héhé ! oui, tu as raison, mais c'est un bon début.

CLAIRE : Ne jamais se satisfaire de peu, bébé. Tu le sais !

BAPTISTE : Oui, je le sais.

CLAIRE : Bon, je vais me refaire un portrait un peu plus lisse, je reviens.

BAPTISTE : OK ! à tout de suite. Je t'attends. *(Claire sort à jardin. Baptiste seul fait le tour de la pièce, il est impressionné par l'immensité du lieu, puis va s'asseoir dans le fauteuil de Divina derrière le bureau. Il fait semblant d'être dans son propre bureau et s'adresse à une personne imaginaire.)* Oui, bonjour, je vous en prie, asseyez-vous. Un petit quelque chose à boire ? Non ? Bon, le minibar est juste derrière vous, sinon. Ne vous gênez pas, j'ai des bouteilles à ne plus savoir qu'en faire ! Écoutez, mon bonhomme, j'ai étudié votre proposition, et je dois dire qu'elle ne m'a pas tout à fait satisfait. Je ne suis plus un débutant, si vous voulez me vendre votre concept, va falloir y mettre un peu de vos tripes, sinon ça va pas le faire, j'en ai bien peur… Oui, j'ai étudié votre dossier, là. *(Il se saisit alors du dossier oublié par Jean-Louis, l'ouvre, et continue son petit jeu de rôle.)* C'est bien, mais c'est trop faible. Par exemple, là, quand vous écrivez : « Quel ravissement ce fut pour moi de venir animer votre émission culinaire », bon, c'est pas mal, mais je pense que… *(Il termine la lecture de la lettre. Il arrête ce jeu immédiatement. Son visage se décompose.)* La salope ! Han… la salope ! Oh ! putain…

Claire revient par-derrière.

CLAIRE : Et voilà ! Neuve, belle et puissante comme une voiture allemande au bout d'une chaîne de montage ! *(Elle rit.)* Ça te dirait d'aller manger un morceau, bébé ? J'ai faim.

BAPTISTE : Je ne suis pas ton bébé, Divina.

CLAIRE : Oh là ! si tu m'appelles comme ça, c'est qu'on a un souci. Que se passe-t-il, mon beau ? Tu as des aigreurs d'estomac ? Dis-moi ce qui ne va pas. *(Elle est toujours souriante, elle ne comprend pas. Pas de réponse.)* Bon, Baptiste, s'il te plaît. J'ai pas pris mes forceps avec moi, j'ai pas le courage de t'accoucher trois heures pour comprendre ton problème.

BAPTISTE : T'as jamais eu le temps pour rien, de toute façon, alors c'est pas très nouveau.

CLAIRE : L'heure des règlements de comptes poussiéreux a sonné, c'est ça ?

BAPTISTE : Tu n'as pas honte ?

CLAIRE : Honte de quoi ?

BAPTISTE : C'est quoi, ça ?

Il lui montre la lettre sur le bureau.

CLAIRE : *(regardant la lettre)* C'est une feuille de papier, cela ne se voit pas ? Oh ! lala ! pardon! J'oubliais que monsieur était maniaque !

Elle va pour remettre la lettre dans le dossier.

BAPTISTE : Oui et y a quoi sur la feuille de papier ?

CLAIRE : *(à elle-même)* Quel con, ce Jean-Louis, c'est pas possible ! Bon, de toute façon, tu aurais fini par l'apprendre, alors autant que ce soit maintenant !

BAPTISTE : Et tu comptais m'en parler à un moment donné ou tu préférais que je m'en rende compte tout seul comme un grand ?

CLAIRE : Je ne comptais rien du tout. Je pensais rester avec toi un petit moment, puis repartir ailleurs… Tu t'imaginais vraiment que j'allais me découvrir une passion pour ton émission de cuisine au point de rester ta seconde assistante potiche ? Avec cette hyène à tes côtés qui sort les crocs à chaque fois que je respire ? Je ne peux plus faire un pas dans la rue sans qu'on m'en parle. Les gens prennent tous un air de condoléance pour me dire bonjour, c'est insupportable. Même quand Drucker fait une nécro, c'est plus marrant. J'ai l'impression d'être Jackie Kennedy en novembre 1963 à Dallas.

BAPTISTE : Et moi, Kennedy lui-même. Je n'ai pas envie de rire, Claire.

CLAIRE : Oui, oh ! moi non plus, Baptiste. Mais je t'assure que si je ne veux pas trop réduire mon espérance de vie, je ne dois pas rester au second plan trop longtemps.

BAPTISTE : Pourquoi tu as fait ça, Claire ? Pourquoi tu es venue comme ça jusqu'à moi en me disant que tu voulais qu'on s'entraide, alors qu'en fait tu avais juste besoin d'un pion pour avancer. Comment j'ai pu être aussi crédule ?

CLAIRE : C'est quoi le problème, au juste ? Dans quelques jours, ton émission cartonnera, on sera les rois de la télévision culinaire et tout ça sera oublié. Y a que ça qui compte, Baptiste. Le succès !

BAPTISTE : *(n'écoutant pas ce qu'elle dit)* Comment j'ai pu être aussi con…

CLAIRE : Bon, tu vas rester en boucle là-dessus ? C'est pas grave, tu sais, ça arrive à plein de gens formidables.

BAPTISTE : Tu sais, Claire, ce n'est peut-être pas grave pour toi, mais moi j'ai jamais réussi à t'oublier. Quand tu m'as quitté, il y a cinq ans, enfin non… Quand tu as demandé à ton assistant de me faire subtilement comprendre que je n'étais plus le bienvenu il y a cinq ans, j'ai sincèrement pensé que j'allais avoir beaucoup de mal à m'en remettre. Oui, je sais, tout le monde dit ça à chaque rupture et puis avec le temps, on finit par oublier. Mais là, c'était différent, Claire. J'avais l'impression d'avoir été envoûté puis complètement dupé. J'avais l'impression d'avoir connu le bonheur très tôt, grâce à toi, et qu'on me l'arrachait d'un seul coup sans crier gare.

CLAIRE : Est-ce qu'il faut vraiment que tout ça prenne des proportions pareilles ? Est-ce que tu ne pourrais pas te contenter de me dire que j'aurais pu être plus honnête ?… Peut-être aussi essayer de te mettre à ma place et de te dire que ce n'était pas facile pour moi de me faire virer d'une façon si ingrate et que, peut-être, c'était encore plus difficile d'aller demander de l'aide à celui qui avait le plus compté dans ma triste vie sentimentale ?

BAPTISTE : Est-ce que tu te rends compte que c'est la première fois, entre toi et moi, que tu me dis que j'ai été important ? Est-ce que tu te rends compte que tu ne m'as jamais dit autre chose que des trucs du genre : *(L'imitant.)* « Hummm... avec un cul pareil, mon bébé, t'aurais pu être pompier, t'aurais allumé des feux partout sur ton passage ! » Et là, après m'avoir trahi une nouvelle fois, tu me demandes sincèrement de me mettre à ta place ? Tu plaisantes ?

CLAIRE : Non, je ne plaisante pas.

BAPTISTE : C'est peut-être pire, alors.

CLAIRE : C'est peut-être pire, je suis peut-être et même sûrement la femme qui t'a le plus fait souffrir, mais ne t'inquiète pas, j'ai aussi eu ma dose.

BAPTISTE : Ah oui ? À quel moment, au juste ? Quand on était ensemble et que tu ne pouvais pas t'empêcher d'allumer la terre entière devant moi, en mettant toujours les tenues les plus sexy chaque fois qu'on était en public ? Ou bien quand on arrivait à l'hôtel quand t'étais en tournée de galas de charité en province et que tu faisais toujours en sorte de faire comprendre au concierge que j'étais ton gigolo et rien de plus ? C'est à ces moments-là que tu t'es sentie malheureuse ?

CLAIRE : *(haussant le ton)* Oh ! mais si t'étais si malheureux, mon grand, fallait partir ! Je ne t'en ai pas empêché.

BAPTISTE : Tu ne m'en as pas empêché ? *(Il vient vers elle, lui prend le bras assez violemment et s'énerve.)* Tu ne m'en as pas empêché, t'en es sûre ??!!

CLAIRE : *(se retirant)* Et alors ? Je n'avais pas le choix. J'avais créé un personnage dont je n'arrivais déjà pas à me défaire, à l'époque. J'étais devenue prisonnière de Divina. La méchanceté que je démontrais à la télé, je devais absolument la prolonger dans la vraie vie pour que les gens croient à mon personnage et que les audiences augmentent. Chaque fois que j'avais envie de sortir habillée normalement, pas maquillée, sans manucure, pour aller me promener, j'avais droit à des réflexions horribles si j'avais le malheur de croiser un fan. Les seuls moments de tranquillité que j'avais, c'était lorsque j'étais seule.

BAPTISTE : Mais enfin, arrête un peu, tu n'étais jamais seule, je le sais très bien. Quand ton assistant m'a dit que tu souhaitais mettre fin à notre « contrat amoureux », il m'a dit que tous ces week-ends où tu partais soi-disant pour te ressourcer seule à la campagne, en fait tu les passais avec des tapins dans des hôtels de luxe.

CLAIRE : Il t'a dit ça parce que je lui avais demandé de te dire ça. Tu crois peut-être que Jean-Louis est capable d'avoir des initiatives ? Je lui avais demandé de t'éloigner car je ne supportais plus de te faire souffrir. Je n'ai jamais vu qui que ce soit d'autre pendant que nous étions ensemble. Jamais. Je partais réellement me ressourcer à la campagne pour faire baisser la pression et pour ne pas devenir complètement schizophrène.

BAPTISTE : *(déstabilisé)* Quoi ?

CLAIRE : Y avait un mot pas français dans ma phrase ?

BAPTISTE : Non, pardon. Avec ce qu'il s'est encore passé aujourd'hui, j'ai beaucoup de mal à te croire, en fait.

CLAIRE : Tu as le droit. C'est légitime. Ce n'est pas très grave et c'est certainement mieux pour toi. J'ai toujours su que tu étais ma plus grosse perte. J'ai toujours su que si je t'abandonnais à l'époque, c'était pour ne plus jamais retrouver de meilleur compagnon.

BAPTISTE : Alors pourquoi tu m'as laissé ? Pourquoi tu ne m'as pas expliqué les choses, si vraiment tu étais si malheureuse ?

CLAIRE : *(s'énervant)* Parce que je n'avais pas le courage d'affronter tout ça. Je ne savais pas comment m'y prendre.

BAPTISTE : J'ai mis si longtemps à assumer notre relation. J'ai mis si longtemps à admettre que j'étais amoureux… non… fou amoureux d'une femme comme toi, avec une relation aussi « hors normes ». Et au moment même où j'étais en mesure de l'assumer pleinement, tu m'as tué.

CLAIRE : Tu n'en rajoutes pas un peu, là ?

BAPTISTE : Non, Claire. Je n'ai jamais été amoureux comme je l'ai été avec toi, et je n'ai jamais autant pleuré que le jour où tu m'as quitté.

CLAIRE : Alors nous sommes deux.

BAPTISTE : Tu étais triste, ce jour-là ?

CLAIRE : Dévastée. Anéantie. J'ai cru moi aussi que je n'allais pas tenir. Chaque soir, en rentrant chez moi, je te revoyais avec ton sourire et tes yeux amoureux. Chaque matin je me réveillais en t'imaginant à mes côtés. Je sentais ton parfum partout, je te voyais à chaque instant dans la rue… Et ça pendant plusieurs mois… jusqu'à ce que je signe une nouvelle émission, que le travail m'absorbe de nouveau et que Divina reprenne le dessus.

BAPTISTE : Je crois que Divina est bien plus forte que Claire.

CLAIRE : Lorsque Jean-Louis vous a contactés l'autre jour et que j'ai su que j'allais te revoir, j'ai eu l'impression de revivre d'un coup.

BAPTISTE : Moi, j'ai essayé de faire le fier mais j'avais envie de rire, de pleurer, de chanter, de danser, de courir nu dans les rues pour hurler mon bonheur.

CLAIRE : Là, c'est toi qui en fais trop, Baptiste. Avec le temps qu'il fait dehors, courir nu serait suicidaire.

BAPTISTE : *(esquissant un sourire)* Ha ! Ha ! oui, peut-être. *(Se rapprochant d'elle.)* Claire ?

CLAIRE : Oui ?

BAPTISTE : Est-ce que tu m'as aimé ?

DIVINA : *Les Feux de l'amour*, épisode 2252.

BAPTISTE : Divina, vous pouvez fermer votre grande gueule de merde et laisser Claire s'exprimer si c'est possible ? C'est à elle que je parle là. Alors ?

CLAIRE : *(avec un sourire esquivant)* Oui oui, je crois, oui mais…

BAPTISTE : Mais quoi ?

L'enlaçant.

CLAIRE : Mais rien je, je…

BAPTISTE : Tu ?

Ils sont face à face, presque lèvres contre lèvres quand Jean-Louis entre en furie dans le bureau, et comme s'il était seul au monde encore une fois.

JEAN-LOUIS : *(criant)* Ah ! lala ! c'est affreux, c'est affreux, vite vite vite ! J'ai oublié la lettre ! Si Baptiste tombe dessus, je suis mort ! Elle est où, cette lettre ?! Ah ! ouf ! Elle est là, Dieu merci ! J'ai eu si peur ! *(Il relève les yeux, il est juste devant Baptiste et Claire.)* Ah ! pardon ! Oups, comme on dit !

DIVINA : Jean-Louis ?

JEAN-LOUIS : Oui ?

DIVINA : Est-ce que vous connaissez l'hôpital de la Pitié-Salpêtrière ?

JEAN-LOUIS : Euh… oui !

DIVINA : Bon. Est-ce que vous connaissez le professeur Bricaire ?

JEAN-LOUIS : *(content)* Ah oui ! C'est lui qui a soigné mon père et ma mère.

DIVINA : Alors, vous savez que c'est l'un des meilleurs neurologues de Paris ?

JEAN-LOUIS : *(très content)* Ah oui oui oui !

DIVINA : Alors, vous allez l'appeler de la part de vos parents et dire que vous avez besoin d'un rendez-vous en extrême urgence pour vous faire soigner parce que vous êtes vraiment un déséquilibré et que je n'en peux plus de vous avoir à côté de moi, c'est clair ?

JEAN-LOUIS : *(triste)* Très clair… Claire !

DIVINA : Maintenant, vous allez prendre vos affaires puantes, et vous allez dégager d'ici avant que ma main n'écrase votre face de pingouin desséchée ! Je me suis fait comprendre ?

JEAN-LOUIS : Ah oui, je crois bien.

Il sort en courant et laisse encore son sac. Divina l'attrape et lui jette à la figure, il ressort enfin.

DIVINA : J'ai peut-être fait du mal autour de moi, mais crois-moi, je le paye tous les jours avec cet imbécile. Bon, c'est bien gentil tout ça, mais va falloir que j'y aille, moi, j'ai un rendez-vous !

BAPTISTE : Quoi ?

DIVINA : Tu comprends le français ou pas, toi ?

BAPTISTE : Mais enfin, y a deux minutes, on était sur le point de…

DIVINA : De rien du tout ! C'est une mauvaise idée, toutes ces discussions.

Tout ça appartient au passé. Je ne changerai jamais, de toute façon. J'aime trop l'odeur du pognon.

BAPTISTE : Ah non ! Ça, tu ne changeras jamais ! Continue à fréquenter des gigolos et à t'habiller comme une adolescente, tu as raison. Quant à ta lettre, si tu l'envoies, je fous le feu à ton bureau. C'est pas une blague.

Il quitte la pièce. Divina se retrouve seule une nouvelle fois. Elle est visiblement très touchée par ce qui vient de se passer. Après un long silence, elle prend le téléphone et compose un numéro.

CLAIRE : Allô ? Eros ? J'ai besoin de vous. Maintenant.

Elle repose doucement le téléphone. Noir.

5

Retour sur le plateau de l'émission de cuisine. Quelques jours plus tard. Baptiste retire les décorations de Divina et soupire. Entre alors Émilie, métamorphosée par Eros. Elle est très sexy, coiffée, maquillée… Il ne la regarde pas.

ÉMILIE : *(en séduction totale)* Coucou Baptiste !

BAPTISTE : Coucou Émilie ! Tout va bien ?

ÉMILIE : Oui et toi ?

BAPTISTE : Ça va ça va, mais faut se magner là.

Il continue le rangement alors qu'elle fait tout pour attirer son attention et prend des positions sexy juste à côté de lui.

ÉMILIE : Oh ! mais faut savoir prendre le temps, tu sais, Baptiste. Le temps, c'est important. Le temps, ce n'est pas que l'argent. Le temps, c'est l'amour. Le temps, c'est la passion. Pourquoi céder au chantage de la précipitation… non… non, non… laissons aller les choses, laissons-nous le temps de respirer, vivons, quoi !

BAPTISTE : *(continuant à s'affairer rapidement)* Je l'ai trop pris, mon temps, Émilie, maintenant il faut que j'avance. Que je reprenne les choses en main.

ÉMILIE : Ah oui ? Tu veux prendre quoi, en main, au juste ?

Elle est presque allongée sur le plan de travail.

BAPTISTE : Bon, Émilie. *(Relevant la tête et la remarquant enfin.)* On… va… pas… discuter… main… te… nant et refaire… la… vie… hein ?

ÉMILIE : Oui, d'accord, je comprends, dépêchons-nous ! *(Se mettant au travail comme si de rien n'était.)* Quel désordre ! C'est fou ! Il y en a vraiment partout ! *(Elle se penche devant lui en mettant en avant son décolleté.)* Une poussière par ici ! *(Puis elle se penche derrière lui en mettant en avant son postérieur.)* Une poussière par là ! Tous ces acariens qui viennent nous chatouiller… arrêtez, petits acariens ! Arrêtez, non ! Laissez-nous tranquilles ! Ouh ! lala ! c'est pas joli-joli !

BAPTISTE : Mais enfin, Émilie, qu'est-ce que c'est que ça ?

ÉMILIE : *(se retournant)* Quoi ? Y a un problème ?

BAPTISTE : Non, mais ta tenue, là, c'est quoi ?

ÉMILIE : Ah ! non, ce n'est rien, juste un petit chiffon que j'ai mis pour être un peu plus raccord avec Divina.

BAPTISTE : *(se glaçant)* Divina ne viendra plus ici.

ÉMILIE : *(ayant du mal à masquer sa joie)* Ah bon ? Pourquoi ? Oh non ! c'est trop bête, ça, alors.

BAPTISTE : Parce que nous avons eu une longue conversation l'autre jour et nous nous sommes dit qu'elle n'était pas assez expérimentée pour ce type d'émissions culinaires.

ÉMILIE : Ah oui… je vois… d'accord. Ah non, vraiment, quel dommage. Comme c'est regrettable.

BAPTISTE : Oh oui, tu dois être très triste, c'est certain.

ÉMILIE : Eh bien oui, ça me fait un petit pincement, tout de même… juste ici, là, regarde *(Lui montrant sa poitrine.)* Aïe ! bon… alors on redevient comme avant ?

BAPTISTE : Oui voilà, on redevient comme avant si tu veux.

Il termine de retirer tous les détails du décor ajoutés par Jean-Louis.

ÉMILIE : *(se jetant sur lui, fort, lui prenant les mains et se caressant avec vigoureusement)* Oh non ! Baptiste ! Mais qu'est-ce qu'il te prend ?! Ouh ! lala ! non ! Arrête ! Non, Baptiste ! Quelqu'un va nous surprendre ! Tu es fou ! Pas ici ! Non ! Arrête !

BAPTISTE : *(ayant bien du mal à s'en défaire, il finit par réussir à l'éloigner)* Arrête-ça tout de suite, Émilie !

ÉMILIE : Mais quoi, Baptiste ? Je ne te plais pas ?

BAPTISTE : *(ailleurs)* Non.

ÉMILIE : Quoi ?

BAPTISTE : Euh, si, non, pardon, oui, tu es belle, oui mais… pardon, j'ai la tête ailleurs, là, excuse-moi…

ÉMILIE : *(s'énervant)* La tête dans le décolleté de Divina, oui. Je crois que je pourrais faire n'importe quoi pour toi tu ne t'en rendrais pas compte de toute façon ! Je viens vers toi, je fais un effort gigantesque pour te plaire, tous les garçons que j'ai croisés sur la route m'ont fait des avances, et toi rien ? Tu es vraiment un monstre.

BAPTISTE : *(toujours ailleurs)* Oui voilà oui merci.

Émilie, agacée, quitte le plateau et claque la porte. Jean-Louis entre au même moment.

JEAN-LOUIS : *(la bouche grande ouverte)* Mais… mais… mais… c'est quoi, cette créature de rêve, là ? Pourquoi personne ne me la présente ? Pourquoi on me laisse toujours passer à côté de ce genre de chose ? On peut m'expliquer, là ?

BAPTISTE : Cette créature de rêve, comme vous dites, est mon assistante, Émilie.

JEAN-LOUIS : Hein ? Quoi ?

BAPTISTE : Quel mot vous n'avez pas compris, Jean-Louis ?

JEAN-LOUIS : Aucun, Baptiste, aucun. Simplement, je n'avais pas remarqué qu'elle était aussi gaulée comme une bombe de folie ! Comme une déesse ! Comme une pin-up, une mannequin, une créature céleste ! *(Se reprenant.)* Euh oui, enfin, elle est très élégante, dis donc.

BAPTISTE : Bon, on peut savoir ce que vous venez faire ici, encore ?

JEAN-LOUIS : Je voulais vous dire que je suis désolé de tout ce qui s'est passé… vous dire que je crois que je vais quitter Divina qui n'aura bientôt plus rien d'autre à faire que m'insulter… Alors si vous avez besoin d'un assistant…

BAPTISTE : Oui, ou comment retourner sa veste le plus rapidement possible…

JEAN-LOUIS : *(perdu)* Moi ? Mais j'ai pas de veste…

BAPTISTE : Je commence à comprendre pourquoi elle vous insultait…

JEAN-LOUIS : Ah. Si vous le dites…

BAPTISTE : Bon, j'ai une émission à tourner moi. Puisque vous êtes là, profitez-en pour récupérer vos petites affaires et les ramener à votre patronne.

JEAN-LOUIS : D'accord.

Jean-Louis et Baptiste finissent donc de ranger le plateau.

JEAN-LOUIS : Mais vous allez la faire tout seul, votre émission ?

BAPTISTE : Non. Je connais Émilie par cœur, elle est incapable de rester plus de trois minutes en dehors du plateau si j'y suis moi-même. *(Il regarde sa montre.)* Et cela fait deux minutes et quarante secondes qu'elle est sortie…

JEAN-LOUIS : Ah oui ? Vous êtes sûr ?

BAPTISTE : Oui, elle fera son entrée dans dix secondes max !

Jean-Louis, inquiet, se recoiffe, vérifie son haleine, remet bien son nœud papillon.

BAPTISTE : 3… 2… 1…

Émilie entre. Baptiste s'en amuse. Jean-Louis prend une position de « séduction ».

BAPTISTE : Oh ! Émilie, quelle surprise !

ÉMILIE : J'avais oublié quelque chose. Je ne reviens absolument pas pour toi. Je reviens car j'ai une émission à enregistrer et en grande professionnelle, je souhaite la tourner, malgré l'ambiance détestable qui règne sur ce plateau. *(Apercevant Jean-Louis.)* Qu'est-ce qu'il fait encore là, l'autre ?

JEAN-LOUIS : Ah oui ! Allez-y, soyez dure avec moi, Émilie ! Soyez vilaine. Ouh ! la vilaine ! Soyez méchante. Ouh ! la méchante ! Soyez ce que vous voulez, mais soyez quelque chose avec moi, Émilie. Avec moi, pour moi, sur moi, à côté de moi, en moi ! Je suis venu vous proposer mes services. Je suis tout à vous, Émilie. Je suis votre homme. Je suis votre serviteur, votre esclave. *(Il se jette à ses pieds, ridicule.)* Je ferai tout pour vous.

ÉMILIE : *(elle le fait se relever)* Non, bon, ça va aller, pas la peine de vous mettre à mes pieds, je n'ai pas besoin de vous.

JEAN-LOUIS : Émilie, vous êtes comme un bourgeon nouvellement éclos sur un arbre en hiver. Une chose à laquelle on ne s'attend pas. Laissez-moi être votre jardinier. Laissez-moi entretenir votre jardin secret. Je ferai tout pour vous préserver le bourgeon. Tout. Votre beauté n'a d'égal que votre in…telli…gence…

Se perdant dans le décolleté d'Émilie.

ÉMILIE : *(gênée et touchée)* Oh ! lala ! c'est la première fois qu'on me dit ça… Ça a beau être vous, ça me chatouille un peu, je dois dire…

BAPTISTE : Comme les acariens, en fait… Bon c'est pas le tout, les tourtereaux mais faut bosser, maintenant !

ÉMILIE : Baptiste ! Pourquoi tu ne me dis jamais des choses aussi gentilles que ça ?

BAPTISTE : *(riant)* Émilie, je ne suis pas certain d'être aussi fort que Jean-Louis pour te « préserver le bourgeon » et tutti quanti, désolé, mais on n'a plus le temps de refaire le monde, là, il faut tourner.

ÉMILIE : Oui, comme toujours…

VOIX OFF : Antenne dans trente secondes.

BAPTISTE : Oh putain ! Mais vous êtes fous ? Vous devriez nous prévenir plus tard encore !

VOIX OFF : Pardon, j'étais parti aux toilettes ! Allez hop, dix secondes ! *(Baptiste se recoiffe rapidement, range les derniers éléments et se met en place. Émilie se positionne devant l'écran, tape des mains, rien ne se passe. Divina est toujours à l'écran.)* 5… 4… 3… 2… Antenne !

ÉMILIE ET BAPTISTE : Bonjour à tous et bienvenue dans ce nouveau numéro de *Divinement bon pour vous servir.*

ÉMILIE : Le magazine des grands, des très très grands gourmands.

BAPTISTE : Avec Émilie…

ÉMILIE : *(avec des poses de femme fatale)* … et Baptiste. Merci à tous d'avoir été toujours plus nombreux à nous suivre la semaine dernière.

BAPTISTE : Nous avons décidé de reprendre le cours de notre émission tous les deux, en suivant les conseils de Divina, comme vous pouvez le constater…

Baptiste est gêné par l'attitude d'Émilie qui a visiblement décidé de faire comme Divina… elle se frotte sur lui comme une chatte en chaleur… mais assez maladroitement.

ÉMILIE : J'espère que vous apprécierez nos nouvelles recccccettttttes ! Nous ferons tout pour…

BAPTISTE : *(essayant de reprendre le dessus)* Alors, chère Émilie ! Qu'allons-nous faire découvrir à nos téléspectateurs, maintenant ?

ÉMILIE : Nous allons leur apprendre comment faire monter la ma-ma, la yo-yo, la nai-naise, la mayonnaisssssssssssse !

Elle se frotte la tête contre son torse…

BAPTISTE : Très bien ! Très bien très bien ! Alors montrez-nous donc comment faire cela, chère Émilie.

ÉMILIE : Eh bien, c'est très simple. La réussite de la recette réside dans le choix des ingrédients et dans la force de votre poignet car, oui, c'est encore une de ces recettes savoureuses où il faut donner de sa personne, où il faut mettre à contribution son corps tout entier pour sentir la subtilité de chaque ingrédient. Vous êtes fort du poignet ? Montrez voir votre joli poignet !

BAPTISTE : Oh ! eh bien, non, Émilie ! Je crois que j'ai un poignet standard, hein !

ÉMILIE : *(le relâchant)* Ce que vous pouvez être modeste, Baptiste ! Ouh ! lala ! vous avez tout sauf un poignet standard. Il ferait peur à plus d'une mayonnaise.

BAPTISTE : Voilà oui, et donc ?

ÉMILIE : Prenez donc un joli petit récipient comme celui-ci. Après avoir mélangé les jaunes d'œufs, le sel, le poivre, la moutarde et un peu de vinaigre, ajoutez de l'huile doucement, doucement, *(Se frottant sur Baptiste.)* non, doucement Baptiste, pas trop vite, vous risquez de faire tourner la sauce ! oui, doucement, ouh ! voilà, doucement, parfait… Et une fois que vous sentez que l'huile a suffisamment pénétré, alors là… battez ! *(Elle fait semblant de battre Baptiste en secouant la tête dans tous les sens.)* Battez… Battez… Battez… *(De plus en plus fort.)*… Ah oui ! Battez ! Battez ! Encore ! Encore ! Encore ! Et ça monte ! Regardez comme ça monte ! Oh oui ! Ça monte !

Elle hurle, c'est l'orgasme. Pendant que Baptiste ne sait plus quoi faire pour arrêter Émilie qui devient hystérique, et que Jean-Louis regarde ça plus excité que le jour de son dépucelage, Claire Bartoli fait son entrée. Elle est elle aussi métamorphosée. Elle s'est habillée en parfaite ménagère pour venir présenter l'émission. Elle est toujours très belle et élégante, mais résolument moins dévergondée. Elle a calmé son look pour reconquérir Baptiste. Le changement doit être impressionnant. Claire passe devant Jean-Louis, lui referme la bouche, puis se dirige vers Émilie et Baptiste qui ne l'aperçoivent pas. Elle passe derrière le plan de travail, tape dans ses mains pour faire apparaître une nouvelle image beaucoup plus sage d'elle et Baptiste sur l'écran, et les sépare.

CLAIRE : Bonjour à tous. Ne battez pas trop fort, cela ne sert à rien. Et faites

Baptiste (Mathieu Delarive) et Émilie (Marie-Julie Baup)

attention avec ça *(Montrant la poitrine d'Émilie.)*, vous allez blesser quelqu'un. *(Baptiste et Émilie, en retrait, n'en reviennent pas. Émilie regarde Baptiste qui lui-même regarde Claire. Émilie ne peut émettre aucun son. Elle a l'air hagard. Claire, très pro, très calme, très bonne ménagère, très Colgate.)* La mayonnaise est la sauce la plus mangée dans le monde et reste une des plus fameuses inventions française. Son goût délicat et sa texture onctueuse font d'elle un à-côté idéal pour toutes vos viandes et autres pommes frites. Vous pourrez également l'aromatiser avec certains condiments ou herbes fraîches pour la rendre plus originale… des herbes du jardin fraîchement cueillies feront idéalement l'affaire, évidemment. Quant à vous, mesdames, qui prenez soin de votre ligne, n'hésitez pas à ajouter des blancs d'œufs battus en neige, vous obtiendrez ainsi une sauce encore plus légère dite « hollandaise ». *(Elle prend le bras de Baptiste qui n'arrive toujours pas à parler ainsi que celui d'Émilie.)* La cuisine est une affaire de patience et d'attention. Soyez proches des aliments, écoutez ce qu'ils ont à vous dire, et tout se passera bien. Nous avons été enchantés de présenter cette émission, et vous retrouverons tous les trois très bientôt…

BAPTISTE : *(perdu)* … pour notre prochain numéro de *Divinement bon pour vous servir*, avec Claire ?

ÉMILIE : *(perdue aussi)* Baptiste… ?

CLAIRE : Et la ravissante Émilie. Au revoir.

Générique de fin.

VOIX OFF : Antenne rendue ! Merci, les amis ! Divina, vous êtes magnifique.

Émilie va s'asseoir dans un fauteuil, dans un état second…

CLAIRE : Divina est morte. Claire Bartoli est ressuscitée. Amen !

BAPTISTE : Il se passe quoi là au juste ?

CLAIRE : Quand tu es parti l'autre jour, je me suis sentie si mal que j'ai appelé Eros pour qu'il m'aide à adoucir un peu mon personnage. Je suis partie quelques jours pour faire le vide, et surtout je n'ai jamais envoyé la fameuse lettre. Ce que je vais te dire me fait mal, alors profites-en bien, car c'est certainement la première et la dernière fois que tu entends ça… Je suis désolée de t'avoir fait souffrir, bébé. Je suis désolée de t'avoir menti. Je ne veux plus jamais te faire de mal… et j'ai besoin de toi. *(Grand soupir de soulagement.)* Ouf, c'est fait.

BAPTISTE : Je crois que je devrais me méfier. Que je devrais te dire de repartir et ne plus te parler. Mais je ne vais pas y arriver. J'ai déjà vu ces yeux, et je sais reconnaître Claire Bartoli, la vraie. Ça fait des années que je rêve de cet instant, je crois… *(Aux anges, la prenant vigoureusement dans ses bras.)* Merci Claire.

CLAIRE : Attention tu sais, j'ai changé de vêtements, mais j'ai toujours deux ou trois trucs en plastique sur moi qui n'aiment pas trop les fortes pressions, chéri.

Ils rient tous les deux. Jean-Louis, visiblement ému, et qui cherche toujours à se placer, vient vers eux et les serre très fort dans ses bras aussi.

Jean-Louis : Oh ! ce que c'est beau ! Moi aussi, je vous aime tous. J'étais sûr que tout allait s'arranger. J'étais justement venu ici pour le dire à Baptiste. Je suis tellement heureux. Oh non ! Vraiment c'est formidable !

Claire : Oui, bon, Jean-Louis, n'en faites pas trop, tout de même. Ça va ! Vous le conservez, votre emploi !

Jean-Louis : Ah ! mais non, mais non ! Mais je ne sais pas de quoi vous parlez…

Claire : Quant à vous Émilie, je ne vais pas m'inventer une passion soudaine pour vous mais néanmoins, vu comme celui-là a l'air de vous apprécier, je vous propose de vous donner quelques conseils avant la prochaine émission. Je suis peut-être votre pire ennemie mais j'ai envie de vous faire profiter un tout petit peu de mon expérience. Ça vous convient ?

Émilie se lève, l'air méchant. Elle passe devant Claire sans la regarder…

Émilie : Je ne sais pas, je vais y réfléchir.

Claire : C'est tellement aimable à vous.

Émilie se dirige vers les garçons avec toujours le même air. Elle se poste en face de Baptiste, son visage à quelques centimètres du sien. Tout le monde la regarde. Le temps est suspendu. Baptiste ferme les yeux. Émilie attrape alors par le col Jean-Louis et l'embrasse généreusement pendant vingt longues secondes. Elle cesse. Jean-Louis fait quelques pas et s'écroule. Tout le monde en rigole. Baptiste rejoint Claire et l'embrasse à son tour. Eros rentre alors sur le plateau.

Eros : Aaahh !!! Ma qué djé souis content alors ! Qué c'est formidable, tous ces gens qui s'aiment ! Pardonnez-moi, je n'ai pas pu arriver plus tôt, j'étais encore bloqué dans les RÉR avec l'équipe dé foot ! Ma qué jé souis content, alors ! Il piú bello giorno della mia vita ! Che bello ! Che bello ! Che bello ! *(Il sépare Claire et Baptiste et les embrasse, puis se dirige vers les deux autres et en fait autant.)* Sono troppo contento che è andata bene ! Siete troppo carini ! Siete troppo belli ! Siene troppo grandi ! Vi amo ! Vi amo ! Vi amo !

Il hurle, les autres sourient.

Claire : Nessuno la capisce, Eros, piano piano ! Eros, je peux vous poser une question ?

Eros : Oui ?

Claire : Eros, c'est votre vrai prénom ? Ça m'a toujours paru un peu viril pour vous…

EROS : Euh… eh bien… c'est-à-dire qué…

CLAIRE : Allez, respirez… vous allez y arriver.

EROS : *(prenant une profonde inspiration)* Non, mon vrai prénom, c'est Pippo. Mais j'ai jamais assoumé. Eros, comme pseudo, c'était plous viril… ça compensait.

Ils rient tous. Claire a même un petit geste d'affection pour ce pauvre Eros qui a l'air si soulagé.

CLAIRE : Moi, je trouve ça très mignon, Pippo, vous savez… enfin, comme vous voulez… Allez ! Je vous invite tous au restaurant pour enfin manger de la vraie bonne cuisine ! Parce qu'on fait les malins, tous, mais y en a pas un qui sait cuisiner, ici.

ÉMILIE : Si c'est vous qui payez, avec plaisir !

Ils rient. Les personnages sont alors progressivement mis dans l'ombre. Seul Jean-Louis est éclairé.

JEAN-LOUIS : *(au public)* Cette fois, c'est certain, c'est aujourd'hui. J'ai toujours su que je vivrais le plus beau jour de ma vie quand une fille m'embrasserait sauvagement sans rien me demander. Eh bien, c'est maintenant, et c'est trop bon. Cela dit va falloir rester concentré et redoubler d'efforts, car toute cette petite bande n'a pas fini de faire parler d'elle… non… c'est le moins qu'on puisse dire… à commencer par…

EROS : *(venant dans la lumière)* Moi ! Après avoir révélé ma vraie identité jé vais mé sentir pousser des ailes ! Jé vais partir créer ma propre marque dé vêtéments… à mi-chemin entre Christian Audigier et Desigual… Bon… jé vais avoir bien dou mal à vendre mes créations au-délà dou cercle familial, mais commé disait Eros Ramazzotti… euh… commé disait Eros Ramazzotti… Ma il disait quoi, déjà ?

ÉMILIE : *(faisant taire Eros et enchaînant)* Eros, il dit rien, il chante, mon Pippo ! Moi, je vais épouser Jean-Louis dans quelques mois et il va s'occuper de ma carrière. Après avoir finalement arrêté l'émission culinaire, je vais réussir à décrocher, grâce à Claire, la présentation quotidienne du tiercé sur une chaîne spécialisée de la TNT… Pas terrible, vous me direz, mais pas si mal quand on revient de si loin… Quant à Baptiste, il comprendra bientôt que…

BAPTISTE : … si je veux exister, je vais devoir faire un peu de mal autour de moi. Faire des choix. Et les assumer. Me créer moi aussi un personnage, et le faire évoluer. Donner aux gens qui me regardent chaque jour l'impression que je suis différent, car je brille dans chaque petit écran placé dans chaque foyer, du plus modeste au plus fortuné.

JEAN-LOUIS : Quant à notre héroïne, après avoir aidé Baptiste à trouver son personnage, et vendu pour lui un nouveau concept de talk-show culinaire à l'international, elle réussira à profiter de la faiblesse d'un producteur pour revenir sur le devant de la scène avec une nouvelle émission vedette.

Baptiste : Évidemment, les audiences décolleront rapidement, et comme dans ce métier, la mémoire ne sert souvent qu'à se souvenir du score d'Audimat d'Untel ou d'Unetelle, elle sera très vite courtisée par ses anciens patrons et réinstallée, précisément, à l'endroit même où elle connaissait la honte publique quelque temps auparavant.

Émilie : Mais ne croyez surtout pas que Divina se contentera de cette remise en place. Non. C'est elle qui abandonnera à son tour ses employeurs, pour finir sa carrière à un endroit où personne… absolument personne ne l'aurait imaginée…

On entend le générique du journal de 20 heures d'une chaîne d'information. C'est Claire Bartoli qui présente.

Claire : Mesdames, mesdemoiselles, messieurs, bonsoir, merci d'être si nombreux à me regarder chaque soir, voici les titres de l'actualité…

L'image se brouille. Mire. Noir.

Fin

Mathieu Delarive et Amanda Lear. © Pascal Victor

Commentaires

Directeur et artiste…

Entretien avec Jean Robert-Charrier

C'est un tout jeune directeur qui accueillit Amanda Lear au Théâtre de la Porte Saint-Martin il y a quelques années dans *Panique au ministère*, et c'est un tout jeune auteur qui lui offre aujourd'hui sa première pièce avec *Divina*.

Depuis qu'il a pris la direction du Théâtre, Jean Robert-Charrier a fait beaucoup de chemin. Actuellement à la tête de trois salles parisiennes (après avoir appris le métier à la rigoureuse école Jean-Claude Camus) – la Porte Saint-Martin, la Madeleine et le Petit Saint-Martin –, il aurait pu se satisfaire d'un statut très enviable. Mais il n'est pas du genre à aimer la routine et, à 30 ans à peine, « redoute de s'installer dans le confort d'une position avantageuse, où l'on est courtisé sans cesse, pas toujours avec sincérité… » dit-il, lucide. « C'est pourquoi j'ai écrit ma première pièce dans le plus grand secret, et que je l'ai fait lire aux intéressés, Jean-Claude Camus et Amanda Lear, sous un faux nom. Je ne voulais pas que ma relation avec eux interfère avec le jugement qu'ils pourraient porter sur le texte. C'est quand ce dernier les a convaincus que j'ai pu dévoiler l'identité de l'auteur. »

Rien ne prédestinait pourtant Jean Robert-Charrier à écrire pour Amanda Lear. « J'avoue qu'avant de connaître sa formidable carrière, sa culture prodigieuse, son intelligence et la belle personne qu'elle est, je n'aurais jamais pensé qu'elle puisse devenir un jour une comédienne pour laquelle j'aurais envie d'écrire. Mais j'ai senti, dès sa première pièce, qu'elle avait en elle une véritable nature de comédienne et qu'il fallait lui composer un rôle à sa mesure. »

Restait pour lui à trouver le temps de se consacrer à la rédaction. « Avec trois théâtres à gérer, mes journées sont trop chargées pour que je puisse ne serait-ce que consacrer quelques minutes à l'écriture. Je suis directeur à temps plein, et auteur le soir avant de me coucher et le matin au réveil. Voilà comment je tra-

Mathieu Delarive et Marie-Julie Baup. © Pascal Victor

vaille mes textes, en somme : une longue maturation, puis un passage à l'écriture qui est très rapide. Je m'isole pendant quelques jours pour écrire. La première version du texte n'est évidemment pas celle que les spectateurs entendront, car je retravaille beaucoup la pièce au moment des répétitions, quand les acteurs disent leurs répliques. Ce sont eux qui ont toujours le dernier mot, alors il faut toujours rester attentif à leurs remarques ! C'est une chance pour un auteur que de devoir retravailler dans de telles conditions… »

Divina est une comédie très contemporaine qui assume sa mission de divertissement. « J'ai voulu écrire un véritable Boulevard sur le monde de la télévision – mais cela me semble en réalité assez universel –, et faire rire avec des rebondissements et des situations invraisemblables qui ne se passent pas dans la vie. Mais, pour en avoir vu beaucoup, je regrette parfois que ce genre théâtral ne jouisse pas toujours de mises en scène de qualité et de décors qui tiennent la route, au point que même des spectateurs non-professionnels peuvent s'en trouver gênés. Or pour moi, rien ne doit venir entraver le plaisir que l'on doit pouvoir éprouver au théâtre. Pour cela, le texte seul ne suffit pas, car le spectacle est un art total. Le choix du metteur en scène, des comédiens, des décorateurs ou des costumiers me semble tout aussi capital. Avec un texte qui le permet, on peut offrir une pièce de Boulevard à des créateurs avec laquelle ils peuvent s'amuser. C'est la clé de la réussite d'un spectacle. Avec *Divina*,

Guillaume Marquet et Thierry Lopez. © Pascal Victor

nous avons essayé de réunir toutes les énergies pour inventer un spectacle qui ait beaucoup de tenue. C'est pourquoi, dans un premier temps, nous avons demandé à Nicolas Briançon de travailler avec nous. C'est un metteur en scène d'une audace et d'une liberté rares, qui possède aussi une grande intelligence des textes, classiques ou contemporains. Nous recherchions aussi l'autorité qu'il a sur les comédiens : c'est un grand directeur d'acteur, qui n'est pas complaisant, même avec les stars, et qui leur évite de tomber dans leurs travers. Comme Amanda, malgré son incroyable parcours, est encore débutante dans son nouveau métier, il nous semblait bien qu'elle soit épaulée par Nicolas pour canaliser son tempérament, et nous avons aussi voulu lui associer des partenaires de jeu de haut vol, parmi les meilleurs comédiens de leur génération, dont les rôles sont très développés. Pour les costumes, il nous a paru évident de nous associer à Jean Paul Gaultier, dont Amanda était l'une des mannequins lors d'un défilé récent. Il a inventé sept tenues différentes plus étonnantes les unes que les autres. »

Lorsqu'on demande à Jean Robert-Charrier s'il souhaite renouveler l'expérience, on découvre alors que l'ancien élève comédien n'a pas renoncé au côté purement artistique du théâtre, malgré ses trois directions. « Je rêve de mettre en scène, et pas nécessairement un de mes textes. Ce sera la prochaine étape. J'ai aussi écrit une autre pièce dans une tonalité complètement opposée, et je pense déjà à la troisième… »

Propos recueillis par Olivier Celik

La grande tradition du Boulevard

Entretien avec Nicolas Briançon

Avec *Divina*, c'est une nouvelle aventure théâtrale qui s'ouvre pour Nicolas Briançon, dont on a souvent vu des mises en scène de textes de répertoire. Il aborde la pièce comme un cinéaste travaille un film de genre…

Mathieu Delarive et Marie-Julie Baup. © Pascal Victor

L'avant-scène théâtre : Qu'aimez-vous dans la pièce de Jean Robert-Charrier ?
Nicolas Briançon : J'aime bien qu'on parle de la télévision au théâtre. Jean Robert-Charrier a su construire une pièce autour d'un personnage de la télévision à la fois dans ses excès et dans sa solitude. C'est un pur divertissement dans la grande tradition du Boulevard français, mais qui sait aussi parler, dans la drôlerie, du monde qui est le nôtre.

AST : Avez-vous été amené à discuter du texte avec l'auteur ?
N. B. : Comme toujours au théâtre, quand on a la chance de monter un auteur vivant, on discute. Jean Robert-Charrier a été le premier à vouloir améliorer, affiner certaines scènes. C'est un auteur très à l'écoute. Il vient aux répétitions, mais il n'est pas dans le jugement. Il partage le climat joyeux que son texte provoque. Nous avons beaucoup ri en travaillant.

AST : C'est un texte et un spectacle qui ont été conçus pour Amanda Lear.

N. B. : Oui, et, quand j'ai commencé à travailler avec elle, j'ai fait la connaissance d'une personne extraordinairement intelligente, d'une intuition remarquable. Elle a de l'humour, de l'élégance, du recul. Et de l'humilité. Une humilité que j'ai très peu rencontrée dans ce métier. Le premier jour, elle m'a dit : « Je suis une pâte molle dans tes mains. » Elle savait déjà son texte. Il n'y a pas à la complimenter pour la rassurer. Pas à passer la brosse à reluire. Pas de « Tu es merveilleuse, chérie » toutes les dix secondes. Elle bosse. C'est une grande joie de travailler ensemble.

AST : N'est-ce pas surprenant de vous voir accepter cette mise en scène après deux Shakespeare et *Volpone* de Ben Jonson ?

N. B. : Je fais ce qui me plaît. Je n'ai pas de plan de carrière. Je comprendrai peut-être la cohérence de ma trajectoire à la fin de ma vie. Je suis ma route. Je suis curieux de tant de choses. Je veux mettre en scène un opéra, une comédie musicale, une revue… Qu'importe le genre. Il s'agit de bien travailler. Dans le même temps et paradoxalement, je ne suis pas du tout quelqu'un qui cherche à accumuler les mises en scène. Je crois même qu'il faut s'arrêter parfois pour pouvoir se renouveler. Je ne me laisserai pas impressionner par le petit jeu parisien : on vous découvre, vous êtes à la mode, et tout d'un coup tout le monde veut décider à votre place, puis on vous rejette, puis on vous adore à nouveau, puis vous agacez, on vous massacre et, enfin, si vous résistez à tous ces traitements, on vous sacralise, généralement quand vous n'avez plus rien à dire ! Il faut tracer sa route. Les critiques ne servent à rien. Ce qui sert, ce sont les conseils des êtres qui vous aiment et votre propre exigence. Il se trouve que j'estime beaucoup le théâtre de Boulevard. Je me souviens de Patrice Chéreau disant : « En France, il y a une seule tradition théâtrale, c'est le Boulevard. » Il ajoutait aussi : « Hélas ! » Hélas… L'humour n'est pas un cadeau offert à tout le monde. Personnellement, j'aborde ce type de théâtre comme un cinéaste peut aborder un film de genre.

AST : Comment ce genre se met-il en scène ?

N. B. : La difficulté est de trouver la justesse et le rythme. Il faut être très précis. Sans précision, ça ne fonctionne pas. En même temps, est-ce très différent quand on monte *Volpone* ou *La Nuit des rois* ? Je ne crois pas. Il y a les mêmes problèmes de rythme et de décalage. Ce que nous cherchons ici, c'est un spectacle avec une grande tenue. C'est pour cela que Jean Paul Gaultier a créé les robes d'Amanda et que les autres costumes sont de Michel Dussarat. Tout cela crée un style, en même temps que les décors qui sont de Bernard Fau. Je dirige en passant sans cesse de la salle au plateau. Je montre ou pas, en fonction des comédiens. Il n'y a pas de règles. J'ai fini par apprendre à me faire confiance. Et si je ris, c'est bon signe. Mais j'essaie avant tout de monter les

De gauche à droite, au second plan : Guillaume Marquet et Jean Robert-Charrier. Au premier plan : Thierry Lopez, Amanda Lear, Jean-Claude Camus, Marie-Julie Baup, Mathieu Delarive et Nicolas Briançon. © Pascal Victor

pièces dans leur vérité, leur drôlerie, leur folie.

AST : L'auteur est aussi l'un des deux producteurs de la pièce. Vous sentez-vous totalement libre ?

N. B. : La liberté, c'est une chose que rien ni personne ne pourra m'enlever. Jean-Claude Camus et Jean Robert-Charrier me laissent totalement libre. J'ai choisi les partenaires d'Amanda en toute liberté : Marie-Julie Baup et Thierry Lopez parce que j'avais aimé travailler avec eux dans *Le Songe d'une nuit d'été*. Mathieu Delarive parce que je l'avais souvent apprécié dans des films. Et Guillaume Marquet parce que je l'avais adoré dans *Le Dindon* monté par Philippe Adrien. En Camus et Robert-Charrier j'ai trouvé les interlocuteurs que je cherchais depuis longtemps. Ils vont vite, ils sont élégants et attentifs. Avec eux, on a un dialogue constructif.

AST : Vous avez d'autres projets avec eux ?

N. B. : En janvier, je mettrai en scène *Roméo et Juliette* à la Porte Saint-Martin.

Propos recueillis par Gilles Costaz

Une férocité qui fait rire

Entretien avec Amanda Lear

À quelques jours des premières représentations, une femme d'une rare intelligence parle de son métier de comédienne.

Amanda Lear est dans la dernière phase des répétitions lorsque nous la rencontrons. Elle profite d'une pause pour accueillir les visiteurs dans sa loge superbe à dominante rouge pour les étoffes et noire pour les meubles du Théâtre des Variétés. Horaires lourds pour cette dernière ligne droite : 14 heures-23 heures. À la pause de 18 heures, tandis que ses partenaires règlent une scène dans le décor sur tournette imaginé par Bernard Fau, fraîche et souriante, elle fait les honneurs des lieux. « Quand je pense à tous les grands comédiens qui m'ont précédée ici, je tremble… Jacqueline Maillan, Robert Hirsch, Jean-Paul Belmondo bien sûr… »

À côté du petit salon, la pièce des costumes. C'est le couturier Jean Paul Gaultier qui les a imaginés pour la belle. Elle porte une très élégante combinaison-pantalon d'un bleu saphir profond qui met en valeur sa silhouette impeccable. Accrochée en hauteur, une robe rouge et scintillante qui semble taillée pour un bal : « C'est un tablier ! Un tablier en strass ! » La maison Swarovski a proposé à la belle de visiter les ateliers de Vienne, tant cette pièce est extraordinaire.

L'avant-scène théâtre : *Divina* est la troisième pièce que vous interprétez. Avez-vous le sentiment d'avoir changé depuis vos débuts ?

Amanda Lear : J'ai eu beaucoup de chance. Lorsque Jean-Claude Camus m'avait proposé *Panique au ministère*, j'avais été très étonnée. Mais j'ai osé et la chance, ce fut d'avoir Raymond Acquaviva pour metteur en scène. Il est passé par la Comédie-Française, il est professeur : il m'a tout appris. À respirer, à placer ma voix, à écouter mes partenaires, à les regarder, à n'envoyer la réplique que quand se calment les rires, pour que l'on entende tout… Autant de choses que je ne savais pas faire ! Je me souviens que j'avais un tel trac qu'à la première répétition, j'étais arrivée texte su parfaitement, et cela avait beaucoup impressionné mes camarades… Ensuite, après les représentations, nous avons tourné pendant deux ans… et le travail n'a jamais cessé !

AST : Vous qui avez été animatrice d'émissions de télévision, notamment en Italie, reconnaissez-vous quelque chose de ce monde dans *Divina* ?

A. L. : Je reconnais la vulgarité et la violence d'une certaine télévision. En

Chère Amanda…

Quand je l'ai connue, elle était papy-sitter chez les Salvador Dalí et titillait les moustaches de monsieur sans défriser madame. À l'époque, on admirait une silhouette qui ne l'empêchait pas d'avoir le plus gros culot de Paris. Par la suite, dotée d'un beau carnet d'adresses, elle s'est mise à peindre, selon les méandres de sa vie privée, tantôt des hommes, tantôt des chèvres. Polyglotte et polyvalente, elle présentait des émissions dans toutes les langues allant, devant les caméras de la télévision italienne, jusqu'à interviewer les politiciens qu'elle accueillait dans son lit. Et puis, s'est produit ce qu'aucun impresario n'avait prévu mais qu'attendaient ses amis : elle est devenue une star du théâtre. C'est-à-dire une véritable actrice pour laquelle on écrit des pièces, on taille des rôles et on monte des spectacles qui feront courir le public. Elle n'a pas cessé pour autant de participer aux *Grosses Têtes*. Car, dans sa vie professionnelle, elle est bigrement fidèle, Amanda.

Philippe Bouvard

cela, la manière dont le personnage de Divina est viré est tout à fait juste ! Elle l'apprend par la presse et c'est tout à fait digne des mœurs d'aujourd'hui… Le théâtre m'a délivré de tout cela, et j'en suis très heureuse. Mais la pièce n'est pas une satire de la télévision, elle est plus complexe, plus intéressante.

AST : Comment la définiriez-vous ?

A. L. : C'est une comédie de Boulevard, faite pour divertir, faire rire, mais avec une part sentimentale sincère qui lui donne de la tenue. Jean Robert-Charrier l'a écrite pour moi, ce qui est flatteur… Mais comme c'était sa première pièce, il me l'a donnée à lire en me disant qu'il s'agissait d'un jeune auteur et qu'il souhaitait mon avis. Comme elle m'a plu, je lui ai demandé de me présenter ce jeune homme pour que je lui fasse quelques remarques… et il trouvait des prétextes pour que les rendez-vous soient remis… Jusqu'au jour où il m'a avoué qu'il en était l'auteur !

AST : Comment se passe le travail avec Nicolas Briançon ?

A. L. : Très bien ! Je suis entourée de partenaires de grand talent, et cela me porte. Quant à Nicolas Briançon, c'est un metteur en scène exigeant, qui ne me passe rien. Il surveille ma manière de me tenir, de m'exprimer en faisant de grands gestes ! Mon tempérament à l'italienne fait que je parle beaucoup avec les mains… Eh bien, pas question ! Divina se tient très bien !

AST : Qui est Divina ?

A. L. : Un très beau personnage. En fait, Claire Bartoli, présentatrice star de la télévision, joue un rôle, celui de Divina. Elle porte un masque. Elle est autoritaire, tyrannique, apparemment, mais elle est restée amoureuse de son ancien mec qu'elle n'a pas vu depuis cinq ans… et qu'elle va retrouver pour ne pas disparaître des écrans. D'ailleurs, c'est la première fois que j'ai une scène d'amour et c'est difficile, gênant… Je ne peux jouer que dans une entière sincérité… Chaque soir, je serai raide dingue amoureuse du beau Mathieu Delarive ! Ce qui est intéressant, c'est que la tonalité est du côté de l'esprit. Si Divina est perfide avec sa « rivale » Émilie, que joue la merveilleuse Marie-Julie Baup, c'est comme dans *Le diable s'habille en Prada*… Une férocité qui fait rire et qui montre les faiblesses, l'humanité de Divina.

AST : Le théâtre suppose une discipline de fer. Comment vous préparez-vous ?

A. L. : Je pense souvent à ce que disait Marlene Dietrich : « Je suis un soldat prussien. » Eh bien, moi aussi, je suis un petit soldat. Je me lève à 8 heures. Je chauffe ma voix, je surveille mon alimentation, j'avale mes vitamines ! J'arrive très tôt au théâtre. Je me prépare, me concentre… Oui. Il faut beaucoup de discipline… Mais ensuite, après la représentation du dimanche, je cours à la Gare de Lyon, je saute dans le TGV, je retrouve ma maison de Provence, mes dix chats, et je me repose dans la solitude…

AST : Avez-vous d'autres projets ?

A. L. : Un nouveau disque, hommage à Elvis Presley, sortira au printemps. Ici, nous jouons jusqu'en février. Si tout va bien, nous reprendrons la pièce dans une autre salle et il y aura certainement une tournée. Avec *Lady Oscar*, nous avons beaucoup tourné et j'aime beaucoup aller à la rencontre du public et découvrir la France, au gré des étapes. Quant au théâtre, je continuerai. Cet été, Rupert Everett m'a conseillé de relire *La Nuit de l'iguane* de Tennessee Williams… Je pense aussi aux comédies de Noël Coward, ce répertoire dont *Divina* n'est pas éloignée : des pièces pleines d'esprit, qui font rire, qui divertissent, mais qui ont du fond ! Qui sait ?

Propos recueillis par Armelle Héliot

Page 84 : À gauche : Amanda Lear. À droite : Thierry Lopez, Guillaume Marquet, Marie-Julie Baup et Mathieu Delarive. © Pascal Victor

Femmes volcaniques

par Gilles Costaz

La belle insolente est l'un des personnages clés du Boulevard. Retour sur ces rôles de femmes qui, de Madame Sans-Gêne à Divina, s'affranchissent de la domination masculine.

À gauche : Hortense Schneider dans *La Grande-Duchesse de Gérolstein* de Jacques Offenbach, 1867. À droite : Yvette Guilbert au Théâtre des Variétés, 1891. © D. R.

Au théâtre aussi, la femme a eu du mal à être un personnage de premier plan. Ce n'est pas vrai pour la tragédie, où les Antigone et les Électre se sont affirmées en même temps que les Ajax et les Œdipe. Mais la femme vive, énergique, au parler libre, est longtemps restée cantonnée aux rôles subalternes. Même Lysistrata, la création d'Aristophane qui concrétise la révolte des femmes décidées à faire la grève de l'amour, existe peu en tant qu'être individuel. Elle se confond avec le mouvement qu'elle représente. Chez Molière, les « grandes gueules » sont toujours des servantes : beaux personnages, hautement contestataires, mais poussées dans les cordes à un moment ou à un autre, parce qu'ancillaires. Dans la comédie italienne, les hommes restent les plus forts, chez les aristocrates comme chez les larbins (Arlequin n'a pas d'équivalent dans le sexe opposé). Seul peut-être le répertoire espagnol fait exception avec *La Célestine* de De Rojas : voilà enfin une femme forte qui mène le jeu et soumet tout le monde à sa loi (perverse) !

Dans les autres cultures, il faut attendre le XVIIIe siècle pour que les femmes joyeuses et girondes volent un peu de leur vedette aux hommes. Marivaux, très habilement, fait de ses comtesses et marquises des êtres d'une ruse exquise. Avec *La Locandiera*, Goldoni place au centre du jeu social et amoureux une femme qui tire toutes les ficelles. Enfin. Dès lors, le théâtre européen ne manque pas de bourgeoises, de pauvresses, de femmes riches et d'aventurières hautes en couleurs. Pourtant, dans ce registre, le premier grand personnage éclatant arrive beaucoup plus tard avec *Madame Sans-Gêne* de Victorien Sardou et Émile Moreau, en 1893. La pièce n'est pas un chef-d'œuvre, mais c'est un coup de génie : on voit une blanchisseuse qui, mariée à un militaire important, parle à l'empereur Napoléon comme on parle d'ouvrier à ouvrier ! Le personnage, pris sur le vif, imaginé d'après un personnage réel, a du charme, de la gouaille et il venge les femmes et tout le public populaire des humiliations de sa vie quotidienne !

Les auteurs qui vont renouer avec cette figure d'insolente allègre vont lui donner des mœurs plus légères, inventer des provocatrices plus douées pour la galanterie que pour la vertu. Dans le monde de l'opérette, surtout chez Offenbach, les belles pécheresses narquoiscs deviennent les reines d'une société vouée au plaisir. Au théâtre, c'est Feydeau qui dessine, en 1899, la personne la plus savoureuse du genre : *La Dame de chez Maxim,* autrement dit la Môme Crevette, inculte et spirituelle, faisant tourner toutes les têtes pour mieux s'enfuir et levant la jambe au-dessus des chaises en prononçant cette formule qui n'a de sens que si elle est dite dans la plus parfaite loufoquerie : « Et allez donc, c'est pas mon père ! »

Jean Giraudoux rompra avec cette gaieté rapide, très représentative du Boulevard, et s'amusera à composer *La Folle de Chaillot* (1945) dont le personnage central, Aurélie, la « folle », cachée dans la colline du Trocadéro, déjoue les complots d'affairistes pour protéger la beauté du monde. Pas de parties de jambes en l'air ici, mais un pied de nez à une société moderne aux dangereux appétits. C'est d'une tonalité différente, mais l'on va revenir ensuite aux pétulances d'antan. Vivent les femmes libres qui se moquent des hommes en les enchantant par leur plastique et leur aplomb !

En réalité, souvent, ce sont les actrices qui suscitent les rôles. Séduits par des comédiennes volcaniques, les auteurs écrivent pour elles. Le tandem Pierre Barillet et Jean-Pierre Grédy a multiplié les facettes de la femme délirante et chahuteuse en sachant que leurs jolies pièces à bascule seraient jouées par Jacqueline Maillan (*Folle Amanda*) ou Sophie Desmarets (*Fleur de cactus*). Jean Poiret, André Roussin, Marc-Gilbert Sauvajon et Marcel Mithois ont été d'autres élégants fournisseurs de textes pour ce répertoire où la vie a l'allégresse du music-hall. Jean Robert-Charrier et Amanda Lear viennent, avec *Divina,* s'inscrire dans cette histoire profondément liée à l'esprit parisien.

G. C.

THEATRE DES VARIETES
DIRECTION JEAN MANUEL BAJEN
1807

Théâtre des Variétés

Le Théâtre des Variétés. © Roméo Balancourt

À L'ORIGINE, une femme d'affaires, Marguerite Brunet, dite la Montansier, qui comprend vite que c'est en tant que directrice de théâtre qu'elle brillera. Ambitieuse, la femme est aimée à la cour, mais souhaite conquérir Paris : en 1790, elle fait rénover à Palais-Royal le Théâtre Montansier. La Révolution advient mais n'a pas raison d'elle : même si seul le Théâtre du Palais-Royal lui reste entre les mains, il demeure très fréquenté. À tel point que le nouveau gouvernement, sensible au fait que le Théâtre-Français fait pâle figure, ordonne la fermeture des « Variétés » en 1807. Jamais abattue, la Montansier fait construire une nouvelle salle, qui reprend ce nom de Théâtre des Variétés. L'inauguration est triomphale, on y joue des vaudevilles, et malgré quelques récriminations pour manquement aux bonnes mœurs, le Théâtre ne connaît plus de réelle menace : Montansier meurt tranquillement en 1820.

Mais la relève déçoit. Brunet, puis François-Victor-Armand d'Artois ternissent l'éclat du lieu. Les années 1820 à 1864 sont une longue suite de pièces oubliées, ponctuellement illuminées par la présence de comédiens tels que Dejazet ou Lemaître. Suit Carpier qui s'évertue à accepter tout et n'importe quoi, si bien que les pièces ne survivent pas à leurs premières. Tout Paris raille les Variétés, les caisses sont vides. La roue tourne avec Hippolyte Cogniard, qui inaugure ce qui fera longtemps vivre les Variétés : l'opérette. Offenbach lui apporte le succès, qui devient rapidement mondial : en 1867, les grands du monde entier viennent admirer Hortense Schneider dans *La Grande-Duchesse de Gerolstein*.

Après Cogniard, opérettes et comédies continuent de faire les beaux jours du Théâtre. Mais la mort d'Offenbach apporte le temps des reprises, et le succès n'est plus toujours au rendez-vous. Quelques moments lumineux cependant : en 1886, Yvette Guibert, à l'aube de sa carrière, s'y voit donner ses premiers rôles comme dans *Fiacre 117*.

C'est en 1892, grâce à Fernand Samuel, qu'un vent de modernité souffle sur le Théâtre : l'homme jongle habilement entre reprises et créations. La Belle Époque bat son plein, les théâtres rythment la vie parisienne. Les Variétés peuvent s'applaudir d'avoir accueilli les premiers pas d'une figure mythique : Mistinguett y fait ses débuts en 1911. Après la guerre, Max Maurey, nouveau directeur, reste fidèle aux comédies et opérettes, genres emblématiques du lieu. Pagnol, Guitry et d'autres font les années folles des Variétés. En 1936, Maurey délègue ses fonctions à Alibert, comique marseillais, qui donne au programme une couleur méditerranéenne, mais finit par lasser le public parisien : l'accent chantant a pu plaire durant ces dures années de guerre ; mais dès 1948, le succès s'essouffle.

C'est sans compter sur la direction de Denis et Marcel Maurey qui, de 1946 à 1975, montrent que les Variétés sont en bonne santé. Des centaines de spectacles y sont joués, de grands noms y font halte, parmi lesquels Chevalier, Fernandel, Roussin ou Aymé. Les formes du récital et de la comédie musicale apparaissent. L'âme du Théâtre est bien vivante, mais le corps faiblit : las de tant d'années d'activité, le lieu a besoin d'être rénové. Nous sommes en 1975, Rouzière reprend le flambeau ; Lemonnier, Belmondo perpétuent brillamment une tradition.

Bien des directeurs s'y sont succédé avec plus ou moins de talent, mais le lieu n'a eu de cesse d'égayer Paris. Depuis 2004, Jean-Manuel Bajen a entre les mains cette salle emblématique forte de son passé. Un beau projet le prouve : une école s'y est ouverte, des cours du soir pour découvrir le théâtre, le travail de groupe ainsi que l'expérience du plateau. Le chaînon parfait entre la transmission et la création.

À gauche : Jean-Manuel Bajen, directeur du Théâtre des Variétés. © D. R.
À droite : Jean-Claude Camus, directeur du Théâtre de la Porte Saint-Martin, coproducteur du spectacle. © Bernard Richebé

L'équipe du Théâtre

Directeur : Jean-Manuel Bajen
Directeur exécutif : Lénaic Lebrun

Location
Responsable billetterie : Valéry Dupré | Responsable groupes : Jonathan Sauzet | Caisse : Chantal Baroin, Mickael d'Antoni | Responsable évènementiel : Ali Berrada

Administration
Standard/Accueil : Clothilde Chollet | Chef comptable : Nicolas Bordes | Gardiennage/Sécurité : Luc Esequiel

Technique
Régisseur général : Julien Lambert | Chef machiniste : Brahim Belain | Attachée de presse : Christine Paulve

La Production remercie : Les Ateliers Marigny pour la construction du décor, les Atelier MBV/Bruno Fatalot et Nathalie Chevalier pour la réalisation des costumes, la Maison Clairvoy et Nicolas Maestriaux pour la fabrication des chaussures, la marque Wolfword pour les collants, Michelle Bernet pour le maquillage et les coiffures, Aimée Blanc, APC, Damien Leroy et Offizine Generale, Nathalie Cabrol pour la conception vidéo, la société Alabama pour le matériel vidéo, Make Up for Ever, notre partenaire produits maquillage : « For Pro – For You – For Ever », Dominique Robert pour le travail d'encadrement, toute l'équipe du Théâtre.

L'actualité

Primeurs de la saison

Macbeth de William Shakespeare, mis en scène par Laurent Pelly au Théâtre Nanterre-Amandiers. © Polo Garat

La quinzaine de Gilles Costaz

Primeurs de la saison

DANS LA RENTRÉE du théâtre public, le **Macbeth** présenté par Laurent Pelly à Nanterre est un événement important. C'est le Shakespeare à voir, en attendant l'*Hamlet* que Dan Jemmett dirigera à la Comédie-Française. Justement, ce *Macbeth*, que l'on a pu voir là où il a été créé l'an dernier, au Théâtre national de Toulouse, a emprunté deux acteurs au Français pour les deux premiers rôles. Macbeth est joué par Thierry Hancisse qui additionne une grande force et le sentiment d'un aveuglement enfantin dans sa composition. Lady Macbeth est interprétée avec une élégance inattendue, tantôt drôle, tantôt noire, par Marie-Sophie Ferdane.

La vision de Laurent Pelly, qui signe à la fois mise en scène, décor et costumes (pas la traduction, qui est le beau texte de Jean-Michel Déprats), est très plastique. Elle organise l'action autour de l'idée du labyrinthe – l'espace change en fonction de la création de murs de parpaings – et du changement d'échelle – le trône de Macbeth est immense, lui et sa femme sont des enfants sur ce trône en forme d'immense chaise. Elle est à la fois burlesque et hantée, farceuse et sombre. Au départ, cela ressemble à un livre d'images. Le château est une maison comme on en voit dans les livres d'enfants, des praticables abstraits de couleur bleue remplacent toute figuration de monuments. La nuit ne cesse de créer un filtre sur notre perception : le ciel scintille, pourtant rien n'est tout à fait visible dans une pénombre lumineuse. Les

Macbeth de William Shakespeare, mis en scène par Laurent Pelly au Théâtre Nanterre-Amandiers. © Polo Garat

femmes ont parfois des robes blanches, mais les hommes sont tous en capote bleu marine. Cela respire la caserne ! L'on n'est pas au XVIe siècle, mais dans une ère indistincte où le pouvoir militaire fait marcher ses cohortes, triompher son ordre, son effacement de l'individu et sa musique. Les sorcières, jouées par des hommes, ont d'énormes seins et un long bonnet pointu, comme sorties d'un Breughel – ou de Topor, pour le citer une seconde fois. Dans cette soirée fantomatique, les héros sont seuls et les autres personnages noyés dans une armée des ombres.

Au Lucernaire, le comédien Gilles Kneusé a adapté et joue lui-même le roman de Louis Guilloux, **Coco perdu** (spectacle dont les représentations parisiennes sont achevées et qu'on pourra voir en tournée). C'est un vrai plaisir, un plaisir rare, de voir combien ce texte littéraire devient une langue théâtrale vivante, à la différence de ce qu'obtiennent tant de monologues fabriqués à partir de livres. Sans doute est-ce dû au fait que le texte mêle les observations les plus quotidiennes aux pensées les plus intimes. Un homme vient d'emmener sa femme à la gare et il a remarqué que la voyageuse mettait une enveloppe dans une boîte aux lettres. Il est persuadé que cette lettre lui est destinée. Du moins, il pense qu'il y a beaucoup de chances que la lettre soit un aveu écrit à son intention. Cette idée le bouscule et, dès lors, il n'a plus le même regard sur tout ce qui l'entoure. Il va au café différemment et observe son domicile sous d'autres lumières. Gilles Kneusé, qui a fait la mise

Coco perdu d'après Louis Guilloux, mis en scène par Thierry Lavat et Gilles Kneusé au Théâtre du Lucernaire. © Coco perdu diffusion

en scène en duo avec Thierry Lavat, utilise un univers des années 1960. Il y a sur scène des objets sans grâce et démodés. Et pourtant cet homme est si proche de nous, si touchant, si fraternel. Gilles Kneusé l'interprète avec un sens étonnant de la simplicité des êtres, si faussement simples qu'en creusant, on découvre une folle richesse d'émotions, de réflexions et de sensations !

On pourra voir en octobre, au Petit-Hébertot, **Doute** de John Patrick Shanley, dans la traduction de Dominique Hollier – reprise d'un des spectacles marquants du festival d'Avignon Off en 2012. La pièce a déjà été créée à Paris, dans une autre mise en scène (c'était avec Thierry Frémont) et même portée à l'écran. Le titre *Doute* est des plus exacts : on ne sait pas quelle est la vérité de cette histoire et de la rumeur qui la fait naître. L'abbé qui chapeaute une école libre américaine est-il un amateur de petits garçons ou un ecclésiastique seulement bienveillant avec ses élèves en difficulté ? La religieuse responsable de l'école est-elle une femme à l'autorité sadique ou une gardienne lucide des enfants confiés à son établissement ? Qui sera le plus fort ? L'abbé ? La religieuse ? Le système ecclésiastique ? La loi du mensonge ? La force de la vertu ? On est heureux de retrouver le remarquable Robert Bouvier qui incarne l'abbé dans la conviction et l'étonnement et a conçu la mise en scène. Le climat, qu'il a instauré, est enjoué d'une manière admirablement ambiguë. Josiane Stoléru joue la religieuse avec la grande puissance intérieure qu'on lui connaît et cette voix musicale dont elle tire les notes les plus chaudes ou les plus froides à volonté. Ces deux grands interprètes sont entou-

Doute de John Patrick Shanley, mis en scène par Robert Bouvier au Théâtre du Petit-Hébertot. © David Marchon

rés des excellentes Émilie Chesnais et Elphie Pambu.

Enfin, pour ouvrir sa saison, le Lucernaire présente un spectacle très curieux, **Les Écrits de M. Girardot de Nozeroy** de Christian Pageault. L'acteur-auteur informe le public d'emblée qu'il s'agit de textes retrouvés dans des archives et non publiés. Ce Girardot de Nozeroy a été au XVIIe siècle un historien de la Franche-Comté et, à ce titre, est connu des spécialistes. On ne connaissait pas ses textes intimes. Les voilà, désordonnés, sautant d'un sujet à l'autre. Il se présente surtout comme un penseur, découvrant le bonheur dans la contemplation de la nature, l'amour d'une femme et des expériences sensorielles qui le portent au-delà de son propre corps. Il témoigne aussi du temps où il vit : effrayant temps de guerre et de massacres perpétrés par les ennemis de la Franche-Comté alors sous domination espagnole. Textes authentiques ou textes apocryphes ? Manuscrit d'époque ou pastiche d'aujourd'hui ? On apprend la vérité à la fin du spectacle. Ce qui est certain, c'est que Christian Pageault, d'une présence étrange, au sourire voltairien, est un comédien authentique qui nous tient fascinés plus d'une heure durant. Il est très fort. Il nous ferait presque croire qu'il a découvert l'équivalent des *Pensées* de Pascal !

G. C.

Macbeth, Théâtre Nanterre-Amandiers
(tél. : 01 46 74 70 00)
Doute, Théâtre du Petit-Hébertot
(tél. : 01 42 93 13 04)
Coco perdu et *Les Écrits de M. Girardot de Nozeroy*,
Théâtre du Lucernaire (tél. : 01 45 44 57 34)

La rentrée du théâtre public : des valeurs sûres

par Jacques Farnèse

La rentrée d'automne du théâtre public parisien est sans doute l'une des plus prestigieuses parmi celles de ces dernières années. Mais elle l'est davantage par la qualité et la notoriété des metteurs en scène et des auteurs que par la nouveauté des textes. La programmation réserve en effet la part belle au théâtre de répertoire, au théâtre classique, au théâtre qui depuis longtemps fait ses preuves. Le théâtre contemporain, en revanche, y est pauvrement représenté. L'une des missions dévolue au théâtre public était pourtant de le découvrir et de le promouvoir. On peut regretter qu'il y déroge, à quelques exceptions près. Faut-il y voir de la part des directeurs le souci, en ces temps de crise, d'éviter de prendre des risques, ou est-ce le signe d'un tarissement de la création ? Le fait est là en tout cas : les auteurs vivants sont cette année peu nombreux à l'affiche.

Parmi eux, on distinguera Joël Pommerat, dont l'Odéon reprend en alternance dans la scénographie d'Éric Soyer **Au monde** et **Les Marchands**, tandis que les Bouffes du Nord proposent une reprise de **La Grande et Fabuleuse Histoire du commerce**, où l'auteur nous montre comment la logique actuelle du commerce altère la relation de confiance entre les êtres humains. On retiendra évidemment parmi les contemporains la présentation à la Colline de la pièce-phare du récent festival d'Avignon : **Par les villages** de Peter Handke (*L'avant-scène théâtre*, n° 1346) dans la mise en scène de Stanislas Nordey avec Emmanuelle Béart, Jeanne Balibar, Annie Mercier et Raoul Fernandez entre autres.

C'est donc vers les valeurs sûres que se sont tournés les théâtres publics. Des textes éprouvés servis par les plus grands noms de la scène. Qu'on en juge : au Théâtre de la Ville, Robert Wilson (dans le cadre du festival d'Automne, avec notamment **Peter Pan**), Ostermeier avec Thomas Mann (**Mort à Venise**) et Ibsen (**Un ennemi du peuple**), Éric Lacascade avec Tchekhov (**Oncle Vania**), Schiaretti avec Shakespeare (**Le Roi Lear**). À la Colline, une programmation aussi brillante, qui répond aux mêmes critères : Thomas Bernhard (**Perturbation** par Krystian Lupa), Handke déjà cité, Ibsen, encore lui (**Le Canard sauvage** par Braunschweig), Molnár (**Liliom** par Galin Stoev), Maeterlinck et Beckett feront la saison de la grande salle. La pièce maîtresse de la rentrée des Amandiers de Nanterre sera **Macbeth**, dans la mise en scène très attendue de Laurent Pelly, avec Thierry Hancisse et Marie-Sophie Ferdane, suivie de **Phèdre** dans la mise en scène de Martinelli. Même à Bobigny, on choisit cette année le moindre risque, avec le **Cyrano** de Lavaudant, etc… Ne

En haut : *Par les villages* de Peter Handke, mis en scène par Stanislas Nordey au Théâtre de la Colline. © Christophe Raynaud de Lage
En bas à gauche : *Macbeth* de William Shakespeare, mis en scène par Laurent Pelly au Théâtre Nanterre-Amandiers. © Polo Garat
En bas à droite : *Roméo et Juliette* de William Shakespeare, adapté et mis en scène par Omar Porras au Théâtre 71 à Malakoff. © K. Miura

parlons pas de la Comédie-Française ! Mais il est dans sa mission de privilégier le répertoire. Son spectacle de rentrée, **Hamlet**, nous vaut une affiche exceptionnelle : la traduction d'Yves Bonnefoy, la mise en scène de Dan Jemmett, et Denis Podalydès dans le rôle-titre. Shakespeare est décidément le champion de la saison qui s'annonce. On l'entendra même à Malakoff en japonais (**Roméo et Juliette**) sous l'autorité d'Omar Porras (*L'avant-scène théâtre*, n° 1339) !

C'est dans les petites salles attachées aux théâtres publics que les amateurs de contemporain trouveront cette année matière à assouvir leur curiosité. Nous y reviendrons dans un prochain numéro, en même temps que sur les salles de province.

J. F.

L'agenda

LES SPECTACLES À PARIS

Ring

Partant de l'observation du sociologue Jean-Claude Kaufmann selon laquelle « jamais les ruptures conjugales n'ont été aussi nombreuses et jamais le couple n'a été autant célébré sur l'autel des valeurs contemporaines », Léonore Confino (pour le texte) et Catherine Schaub (à la mise en scène) ont décidé de montrer un combat de couple allant de l'étreinte passionnelle à la lutte à mort. *Ring* cherche à tendre un miroir au spectateur, en couvrant de blanc le sol et les murs par souci de clarté et de transparence. En duo sur scène, Audrey Dana et Sami Bouajila dansent une chorégraphie de peaux et de sens signée Magalie B.

À partir du 1er octobre 2013
Théâtre du Petit Saint-Martin
17 rue René-Boulanger
75010 Paris
Réservations : 01 42 02 32 82
www.petitsaintmartin.com

Parlement

Créé en 2009 par Joris Lacoste, ce solo est issu du projet artistique du collectif L'Encyclopédie de la parole. Musiciens, poètes, metteurs en scènes et linguistes se sont réunis pour explorer et inventorier toutes les formes d'oralité et en tirer pièces sonores, performances ou installations. Le solo de *Parlement* reproduit vocalement une partition composée à partir d'une centaine d'enregistrements impliquant des situations particulières et des figures de langage, pour transmettre toute la richesse de la parole, de la plus ordinaire à la plus singulière.

Du 2 au 12 octobre 2013
Maison de la poésie
Passage Molière
157 rue Saint-Martin
75003 Paris
Réservations : 01 44 54 53 00
www.maisondelapoesieparis.com

Nono et les Couleurs de l'amitié

C'est la panique pour Nono, qui a perdu toutes ses couleurs. Heureusement, ses amis, avec l'aide de l'assistance, vont lui permettre de les retrouver en lui préparant une surprise… Une pièce écrite et mise en scène par Laura Bensimon pour les tout-petits, alliant rire et chansons pour une initiation au théâtre tout en douceur.

À partir du 2 octobre 2013
Théâtre des Variétés
7 boulevard Montmartre
75002 Paris
Réservations : 01 73 70 52 30
www.theatre-des-varietes.fr

L'Histoire terrible mais inachevée de Norodom Sihanouk, roi du Cambodge

C'est l'histoire d'une re-création, celle de la pièce d'Hélène Cixous, mise en scène en 1985 au Théâtre du Soleil par Ariane Mnouchkine. Mais cette fois, l'œuvre fait corps avec son sujet grâce à l'audacieux pari de jouer la pièce en langue khmère, en France et au Cambodge. Pour raconter le destin tragique du pays, de son indépendance à la chute de Pol Pot, Ashley Thompson et Ariane

Mnouchkine, relayées par les metteurs en scène Georges Bigot et Delphine Cottu, ont travaillé avec trente jeunes acteurs de l'École des arts Phare Ponleu Selpak pour présenter le deuxième volet et l'intégrale de cette fresque aussi théâtrale que politique.

Du 3 au 26 octobre 2013
(1ère, 2e époque et intégrale en alternance)
Théâtre du Soleil
La Cartoucherie
Route du Champ-de-Manœuvre
75012 Paris
Réservations : 01 43 74 24 08
www.theatre-du-soleil.fr

Le Bourgeon

Nathalie Grauwin choisit de monter une comédie de mœurs de Feydeau rarement pratiquée par le théâtre français. Pastichant la société bourgeoise du début du XXe siècle, l'auteur établit un inventaire de la bêtise que la metteur en scène a su rendre en une scénographie épurée pour un spectacle tout à la fois cynique et émouvant.

Du 4 au 13 octobre 2013
Théâtre de l'Ouest-parisien
1 place Bernard-Palissy
92100 Boulogne-Billancourt
Réservations : 01 46 03 60 44
www.top-bb.fr

Vers Wanda

Au carrefour entre biographie et fiction, Marie Rémond réalise un spectacle autour de la cinéaste Barbara Loden, inspiré de ses œuvres, de sa vie et du *Supplément à la vie de Barbara Loden* de Nathalie Léger. Elle joue avec Clément Bresson et Sébastien Pouderoux une pièce à l'écriture très contemporaine. Mêlant matériaux d'archives, improvisation, interviews, montage et écriture plateau, la mise en scène fait se croiser les destins de la réalisatrice et de Wanda, le personnage de son film éponyme.

Du 4 au 26 octobre 2013
Théâtre de la Colline
15 rue Malte-Brun
75020 Paris
Réservations : 01 44 62 52 52
www.colline.fr

LES SPECTACLES EN ÎLE-DE-FRANCE

La vie est un rêve

Créée au Théâtre du Nord à Lille, *La vie est un rêve* de Pedro Calderón de la Barca arrive au Théâtre de Sartrouville. C'est Jacques Vincey qui met en scène cette machine à rêves alternant entre le baroque et le contemporain, tout comme les costumes mêlent l'opulence à la sobriété. Entourés d'un remarquable jeu de lumières, la troupe des huit comédiens déambule tantôt dans une caverne, tantôt dans une cage transparente. Antoine Kahan, dans le rôle du jeune Sigismond que le père met à l'épreuve du réel, se révèle un acteur prometteur dans cet univers merveilleux.

Du 10 au 12 octobre 2013
Théâtre Sartrouville-Yvelines-CDN
Place Jacques-Brel
78505 Sartrouville
Réservations : 01 30 86 77 79
www.theatre-sartrouville.com

Current Location

À la pointe de l'actualité japonaise, le théâtre dansé de Toshiki Okada détourne la gestuelle quotidienne pour explorer les enjeux de la société contemporaine. Le séisme et la catastrophe nucléaire de 2011 lui ont fourni matière à s'interroger sur le rapport entre l'humain et son environnement. Sept femmes qui ont survécu à une catastrophe doivent choisir leur destin : changer de manière de vivre ou continuer comme avant ? Héritier du Nô mais résolument moderne, le théâtre d'Okada utilise tantôt la musique tantôt le silence pour renforcer la puissance de son propos. Sobre, angoissant et émouvant.

Du 14 au 19 octobre 2013
Théâtre de Gennevilliers
41 avenue des Grésillons
92230 Gennevilliers
Réservations : 01 41 32 26 26
www.theatre2gennevilliers.com

LES SPECTACLES EN RÉGIONS

La nuit tombe

Première pièce écrite et mise en scène par Guillaume Vincent, c'est l'histoire d'une chambre d'hôtel où se déroulent de nombreux faits effrayants, réels ou fantasmés. La mise en scène est construite comme un montage de courts plans séquences en référence au cinéma d'Alfred Hitchcock, de John Carpenter et aux films de minuit. Entrelacés ou emmêlés, les personnages et les histoires se confondent et se répondent par une théâtralité exacerbée non dépourvue d'humour.

Du 2 au 4 octobre 2013
Le Nouvel Olympia
7 rue de Lucé
37000 Tours
Réservations : 02 47 64 50 50
www.cdrtours.fr

Le Silence du Walhalla

Alors que tout le monde s'apprête à célébrer Élias Zorn, les énigmes surgissent et l'on en vient à se demander quels secrets se cachent sous la figure du musicien. Les comédiens du Collectif interprètent cette tragédie familiale pleine de suspense, orchestrée par le compositeur Stéphane Leach. Une tragédie à la structure classique mais à l'écriture contemporaine, dans laquelle l'écrivain Olivier Balazuc parle de l'oppression et de la révolte dans une mise en scène de Richard Brunel, parfois drôle, et toujours bouleversante.

Du 4 au 11 octobre 2013
Théâtre de la Comédie de Valence
Place Charles-Huguenel
26000 Valence
Réservations : 04 75 78 41 70
www.comediedevalence.com

Mystery Magnet

« C'est une boucherie de tendresse », dit Miet Warlop à propos de son spectacle. Plasticienne et metteur en scène, elle articule sa performance autour d'un mur blanc qu'elle peinturlure tout en amassant force objets inattendus. Au carrefour des couleurs, du fantasque et des références cinématographiques, Miet Warlop présente une nouvelle façon de ressentir la scène, pleine d'humour et d'images.

Du 8 au 10 octobre 2013
Théâtre de La Criée
30 quai de Rive-Neuve
13007 Marseille
Réservations : 04 91 54 70 54
www.theatre-lacriee.com

Lire

Ivresse / Play Loud
de Falk Richter
Traduit de l'allemand par Anne Monfort

Dans *Ivresse* et *Play Loud*, Falk Richter explore le sentiment amoureux en lien direct avec le monde moderne. Ses personnages sont névrosés, accros aux réseaux sociaux. Ils naviguent dans un constant rapport d'amour/haine et ont une peur terrible de l'engagement. Avec une frénésie passionnée – mais non dénuée d'humour –, ils crient leur rage de vivre dans un style à la fois sec et baroque qui entraîne le lecteur à faire face à sa propre condition. Le succès remporté aujourd'hui par les pièces de Falk Richter s'explique par leur caractère universel et spectaculaire qui ne peut laisser indifférent et incite le lecteur à la réflexion et à l'action.

> Extrait :

« – Ce lieu ici, cette région, ce territoire entre toi et moi est une zone non-commerciale, est un lieu où on ne spécule pas, où on ne négocie pas, où on ne fait pas de business, où toutes les lois et les non-lois du libre-échange ne sont plus en vigueur pendant une fraction de seconde, une nuit peut-être, oui peut-être même une nuit entière et cette nuit nous appartient et nous ne savons rien de plus rien du tout, et nous ne voulons d'ailleurs rien savoir »

L'Arche, 153 pages, 13,50 €

Je vis sous l'œil du chien suivi de *L'Homme de longue peine*
de Jeanne Benameur

Ce qui ressort de ces deux monologues, ce sont des sentiments exacerbés. Deux

personnages, un homme et une femme, sont confrontés à l'angoisse. L'homme vivant « sous l'œil du chien » découvre dans les affaires de son père tout juste décédé un revolver qui va perturber sa vie de professeur de philosophie. De même pour *L'Homme de longue peine*, dans lequel une femme peintre se remet en question, brutalement contrainte par un prisonnier de cesser de lui rendre visite. Stylistiquement percutante, Jeanne Benameur parvient à guider ces deux consciences perdues vers un apaisement final.

> Extrait :

« Il a dit Parlez-moi de petites choses… Je me rappelle ça "de petites choses"… Parlez-moi de ce que vous utilisez, votre matériel, les pinceaux… comment ça s'use… les couleurs, ça doit sécher, comment vous faites pour retrouver une couleur…

J'ai parlé… j'ai pu… j'ai oublié un peu tout le reste, le froid, l'étrange situation où je regrettais déjà tant de m'être fourrée… je t'ai maudite Marianne et en même temps je savais que je touchais quelque chose… quelque chose que je cherchais depuis longtemps… je savais que je reviendrais… Est-ce que tous ceux qui vont visiter les prisonniers cherchent quelque chose comme ça ? »

Actes Sud-Papiers, 50 pages, 13,50 €

Mourir tendre
de Guy Régis JR

Plongeant tout le monde dans la tourmente, une éclipse – censée durer cent ans – survient sur le village de Perpétue. Celle-ci, sous l'emprise de l'infortune, est poursuivie par une horde d'hommes et de chiens à laquelle elle essaie de se soustraire en implorant l'amour d'Alexandre (personnage absent),

le seul capable de la sauver. Créant une ambiance très sombre, la pièce emprunte la structure des tragédies antiques (chœur et coryphée) au texte lancinant où Perpétue enchaîne les monologues passionnés, tournant toujours plus près du vide.

> Extrait :

« Alors, alors, alors… Je te veux, je te désire, je te veux. Je te veux, je te désire. Rageusement Alexandre. Comme ces rivières. Alexandre, comme ces rivières d'ici, ces bassins ivres d'eaux de ce pays, de ce soleil humide. Comme elles crient leur désir aux longues et blanches chutes. Je te désire, je tremble, je vibre. Comme l'eau. Viens. Tombe. Je tremble. Tombe. Viens. Je vibre. De frayeur. D'envie. Je m'enivre, je vibre, je suis saoule, je suis saoulée. Je perds pied Alexandre. Rassure-moi. »

Les Solitaires Intempestifs, 93 pages, 13 €

Notre prochain numéro du 15 octobre 2013

Mensonges d'États

de Xavier Daugreilh

1349 - 15 septembre 2013

1348 - 1er septembre 2013

1347 - 1er août 2013

Les dernières parutions

1315 - 1er janvier 2012 - 12 €
Quadrille (Sacha Guitry)

1316 - 15 janvier 2012 - 12 €
Le Début de la fin
(Sébastien Thiéry)

1317 - 1er février 2012 - 12 €
Pensées secrètes (David Lodge
Ad. Gérald Sibleyras)

1318 - 15 février 2012 - 12 €
Le Plaisir d'être honnête
(Luigi Pirandello
Trad. Ginette Herry)

1319 - 1er mars 2012 - 12 €
Race (David Mamet
Trad. Pierre Laville)

1320 - 15 mars 2012 - 12 €
Harold et Maude (Colin Higgins.
Ad. Jean-Claude Carrière)

1321 - 1er avril 2012 - 12 €
Simpatico (Sam Shepard. Ad.
Didier Long et Séverine Vincent)

1322 - 15 avril 2012 - 12 €
Se trouver (Luigi Pirandello
Trad. Jean-Paul Manganaro)

1323-1324 - mai 2012
14 € (numéro double)
*Dans le plus beau pays
du monde* (Jean Vilar)

1325 - 1er juin 2012 - 12 €
Riviera
(Emmanuel Robert-Espalieu)

1326 - 1er juillet 2012 - 12 €
Le Gros, la Vache et le Mainate
(Pierre Guillois)

1327 - 1er août 2012 - 12 €
Comme s'il en pleuvait
(Sébastien Thiéry)

1328 - 1er septembre 2012 - 12 €
Le Tartuffe
(Molière)

1329 - 15 septembre 2012 - 12 €
Le roi se meurt
(Eugène Ionesco)

1330 - 1er octobre 2012 - 12 €
Un drôle de père
(Bernard Slade.
Ad. Gérald Sibleyras)

1331 - 15 octobre 2012 - 12 €
Le Père
(Florian Zeller)

1332-1333 - novembre 2012
14 € (numéro double)
Occupe-toi d'Amélie !
(Georges Feydeau)

1334 - 1er décembre 2012 - 12 €
La Farce de Maître Pathelin
(Ad. Richard Demarcy)

1335 - 1er janvier 2013 - 12 €
*Le Ministre japonais du
Commerce extérieur*
(Murray Schisgal
Trad. Stéphane Valensi)

1336 - 15 janvier 2013 - 12 €
Que la noce commence
(Ad. Didier Bezace)

1337 - 1er février 2013 - 12 €
L'Importance d'être sérieux
(Oscar Wilde.
Ad. Jean-Marie Besset)

1338 - 15 février 2013 - 12 €
Une heure de tranquillité
(Florian Zeller)

1339 - 1er mars 2013 - 12 €
Roméo et Juliette
(William Shakespeare
Ad. Omar Porras)

1340 - 15 mars 2013 - 12 €
Des biens et des personnes
(Marc Dugowson)

1341 - 1er avril 2013 - 12 €
Iphis et Iante
(Isaac de Benserade)

1342 - 1er mai 2013 - 12 €
La Farce des filles à marier
(Jean Vilar)

1343 - 15 mai 2013 - 12 €
Kalashnikov (Stéphane Guérin)

1344 - 1er juin 2013 - 12 €
La Locandiera (Carlo Goldoni
Trad. Jean-Paul Manganaro)

1345-1346 - juillet 2013
14 € (numéro double)
Par les villages (Peter Handke.
Trad. Georges-Arthur
Goldschmidt)

1347 - 1er août 2013 - 12 €
Nina (André Roussin)

1348 - 1er septembre 2013 - 12 €
Le plus heureux des trois
(Eugène Labiche
et Edmond Gondinet)

1349 - 15 septembre 2013 - 12 €
L'Origine du monde
(Sébastien Thiéry)

Retrouvez notre actualité, nos dernières parutions
ainsi que le catalogue complet de toutes nos collections sur
www.avant-scene-theatre.com